마음꽃을
줍다

마음꽃을 줍다

1판 1쇄 발행 2015. 5. 30.
1판 6쇄 발행 2022. 10. 21.

지은이 덕조 스님

발행인 고세규
편집 강지혜 디자인 조명이
발행처 김영사
등록 1979년 5월 17일(제406-2003-036호)
주소 경기도 파주시 문발로 197(문발동) 우편번호 10881
전화 마케팅부 031)955-3100, 편집부 031)955-3200 | 팩스 031)955-3111

값은 뒤표지에 있습니다.
ISBN 978-89-349-7113-9 03810

홈페이지 www.gimmyoung.com 블로그 blog.naver.com/gybook
인스타그램 instagram.com/gimmyoung 이메일 bestbook@gimmyoung.com

좋은 독자가 좋은 책을 만듭니다.
김영사는 독자 여러분의 의견에 항상 귀 기울이고 있습니다.

마음꽃을 줍다

길을 묻는 사람에게 들려주는
산골 스님의 인생 잠언

덕조 스님 글 · 사진

김영사

책을 내며

후박 꽃향기가 그윽한 불일암입니다. 잔잔한 바람결에 후박 잎사귀 부딪치는 소리가 사각사각 정겹게 들려옵니다. 참배객의 발걸음도 멀어진 잔잔한 저녁 시간. 홀로 있어, 넉넉해서 참 좋은 시간입니다. 아무에게도 방해받지 않는 시간, 마음에 평화가 찾아옵니다. "홀로 있을수록 함께 있다"는 토머스 머튼의 말처럼 텅 빈 산사에 홀로 있음에 함께 있음을 느낍니다.

무소유의 향기가 남아 있는 불일암. 낮이면 참배객을 통해서 은사스님의 향기를 느끼고, 밤이면 홀로 있음에 또한 스님을 온전히 느낍니다. 불일암은 은사스님을 만나게 해준 공간입니다. 이곳에서 스님 시봉을 시작했고, 스님의 육신은 가셨어도 영혼은 계시기에 지금도 시봉을 하고 있습니다.

은사스님과의 인연. 남들은 은사스님께서 성품이 괴팍하고 까칠하다고 하지만, 저에겐 정이 많으시고 따뜻한 분이셨습니다. 저를 제자로 받아주시고 한편으론 엄하셨지만 한편으론 섬세하게 살펴주셨습니다. 여행을 다녀오실 때는 늘 선물을 잊지 않고 챙기셨는데 첫 선물이 삭발 면도기와 만년필이었고, 두 번째 선물이 카메라였습니다. 그 인연으로 어설프게 사진을 찍기 시작했고, 홀로 글을 쓰기 시작했습니다. 그러다 '맑고 향기롭게' 근본도량인 길상사의 주지 소임을 보면서 대중과 소통하는 방법을 찾다 2003년 길상사 홈페이지를 개설했고, 그 이후로 날마다 '一日一言'을 10여 년 넘게 쉬지 않고 써왔습니다.

그렇게 해서 쌓인 글들을 보고 여러 곳에서 출판하자는 요청이 있었지만, 은사스님의 큰 자취에 누가 될까 해서 거절해오다, 작년에 김영사와 시절인연이 되었습니다. 그래서 제 생각을 내려놓고 인연에 맡기기로 하였습니다.

여기 실린 글과 사진은 어떤 설정을 해서 사진을 찍고 글을 쓴 것이 아닙니다. 카메라를 들고 여행을 하다가, 아니면 의미 있는 풍경이나 모습이 있으면 사진을 찍었고, 글도 미리 써두지 않고 아침에 일어난 일이나 겪은 체험을 이야기로 적은 것입니다. 그런데 날마다 다른 날이고, 날마다 새로운 날인데 책으로 엮다보니 같은 내용이 중복된 것을 발견할 수 있었습니다. 이런 복잡하고 방대한 글을 김영사에서 가려 뽑아 봄, 여름, 가을, 겨울 사계절로 추리고 나눠 책으로 엮었습니다. 김영사 고세규 이사님은 각별히 신경을 써서 책 제목과 디자인을 봐주셨고, 김강유 회장님께서는 이 책이 나오도록 살펴주셨습니다. 이 모든 분들과 도움을 주신 분들께 고마움을 전합니다. 아울러 오랜만에 전화를 드려 추천 글을 부탁드렸음에도 흔쾌히 써주신 동백섬 수녀원에 계시는 이해인 수녀님과 송광사에서 동안거를 마치고 독일에서 참선 포교를 하고 있는 현각 스님께 감사드립니다.

우리들의 인연은 지대합니다. 한 번 만난 인연으로, 두 번 대화한 인연으로, 세 번 인사한 인연으로 우리들의 관계는 깊어지고 하나가 됩니다. 좋은 인연은 더 좋은 인연으로, 어색한 인연은 더 이해하고 보듬어 안아서 모든 관계가 아름다웠으면 좋겠습니다.

모든 것은 우리들이 만듭니다. '봄이 와서 꽃이 피는 것이 아니라, 꽃이 피어서 봄이다'라는 법정 스님의 말씀처럼, 아름다운 한 송이 꽃을 피우는 것도 자신의 몫이고, 꽃을 피우지 못하는 것도 자신의 몫입니다. 각자 자신의 꽃을 피울 수 있었으면 합니다.

불일암에 곱고 하얀 후박꽃이 피어 향기가 은은하게 퍼지고 있습니다. 꽃은 그대를 기다리지 않습니다. 살포시 오셔서 아름다운 향기를 담아 가십시오. 아름다운 봄날입니다.

2015년 5월 불일암에서

덕조 합장

차례

마음에 핀 꽃을 보라

산골에서 불어오는 바람

가을바람에
마음도
물이 들어

눈길 위에
발자국을 내며
걷다

1
마음에 핀 꽃을 보라

소원이 있다고 말하면서

아무것도 하지 않는다면

당신은 그것을 진정으로

원하는 것이 아닙니다.

우리의 삶은

지금 여기에 있고

마음의 평화도 언제나

지금 여기에 있습니다.

당신에게 5분은 충분한 시간이 아닐지 모르지만

5분 동안 마음을 차분히 내려놓고 명상을 한다면

마음속 5분의 평화를 얻을 수 있습니다.

… 5분의 평화

간밤에 비가 살짝 내렸습니다.

봄비는 반갑습니다.

마른 먼지를 잠재우고

꽃과 나무에게 골고루 내려줍니다.

그런데 어떤 꽃은 예쁘게 피고 어떤 꽃은 피우지 못합니다.

시절인연입니다.

아직 꽃이 필 인연이 아닌 겁니다.

아직 꽃 필 인연이 아닌 나 자신을

옆 꽃과 비교하지 마세요.

아직 내 차례가 아닐 뿐입니다.

다음이 내 차례입니다.

다음에는 내가 제일 먼저 피는 꽃이 됩니다.

지금이 아닌 다음!

이것은 내 것이 아닙니다.

저것이 내 것입니다.

… 시절인연

시절인연.

참 좋은 단어입니다.

때가 되면 꽃이 피고

때가 되어야 세상의 빛을 볼 수 있습니다.

기다림.

기다리는 것 말고는 다른 어떤 일도 할 수 없을 때가 있습니다.

하지만 그 기다림이 있기 때문에 희망을 품습니다.

당신은 지금 무엇을 기다리고 있나요?

기다릴 수 있다는 것은 축복입니다.

… 기 다 림

물속에 비친 나무들
물이 가득 차면 풍경을 더 많이 담고
물이 마르면 풍경은 작아집니다.
그릇은 하나인데 자연을 담아내는 모습이 다릅니다.

내 마음을 보십시오.
내 마음은 이 세상을 얼마나 사랑하고 있나요?
내 마음속에 얼마나 많은 고뇌를 담고 있나요?
내 마음은 하나인데 사랑과 고통을 함께 안고 삽니다.
사랑이 커지면 행복이 가득해지고
고통도 받아들이면 평화가 됩니다.
그래서 고통은 짊어지고 가는 것이 아니라 안고 가는 것입니다.
큰 그릇이 되십시오.
큰 그릇에 많은 풍경이 담기고
넉넉한 마음으로 세상을 포용하면 평화로워집니다.

… 큰 그릇

쑥갓 꽃이 피었습니다.

채마밭에서 싱싱한 채소를 공급 받아 끼니를 채웁니다.

땀방울만큼, 정성 들여 물을 준만큼 싱싱하게 자랍니다.

이 세상에 저절로 되는 일은 없습니다.

노력한 만큼, 기도한 만큼 성숙해집니다.

나이를 먹는 만큼, 노인이 아니라 존경받는 어른이 되어야 합니다.

어른은 두루두루 살피고 넓은 이해심이 있어야 합니다.

그렇지 못하면 그냥 노인입니다.

노인은 배려하는 마음보다 고집만 부립니다.

나이를 먹으면 말을 줄이고 베푸는 일을 많이 해야 합니다.

그래야 쑥갓처럼 꽃을 피울 수 있습니다.

그 자리에서 살피세요.

나는 존경받는 어른인지, 그냥 노인인지……

… 어른이 되라

풍경을 새로 달았습니다.
바람결에 풍경이 울립니다.
동쪽에서 불어오는 바람, 서쪽에서 불어오는 바람.
바람결을 따라 소리가 달라집니다.

풍경에 매달린 물고기는 24시간 눈을 뜨고 있습니다.
물고기는 죽어야 눈을 감는다고 합니다.
물고기가 풍경에 매달린 이유는
출가수행자는 24시간 눈 뜬 물고기처럼 깨어 있으라는 의미입니다.
풍경소리가 망상을 피우고 있는 수행자를 깨웁니다.
"너는 지금 맑은 정신으로 살고 있느냐"고 묻습니다.

바람이 불어 고요한 산사를 깨우는 풍경소리.
맑은 정신으로 살기 힘든 우리에게
물고기가 정신 차리고 살라고 합니다.

… 풍경소리

스님들이 세상 구경을 합니다.

담 너머로 차가 지나가고 사람이 지나가는 모습을 보고 있습니다.

우리는 자신만의 세상을 갖고 있습니다.

담 너머엔 다른 세상이 존재하고

내 마음 밖에는 다른 마음이 존재합니다.

내 생각이 옳다고 고집하지 마세요.

내 생각은 내 세상의 고정관념일 뿐입니다.

그래서 세상 밖으로 눈을 돌릴 줄 알아야 합니다.

눈 밖엔 다른 세상이 있습니다.

그것은 틀린 세상이 아니라 다른 세상입니다.

… 다른 세상

"행복해지기를 기다리지 말고 그전에 웃어야 합니다.
자칫하다가는 웃어보지도 못하고 죽게 됩니다."

17세기 작가인 라 브뤼예르Jean de La Bruyère의 말입니다.
기뻐서 웃기는 쉽지만 힘든 상태에서 웃기는 어렵습니다.
그러나 웃음 끝에 행복이 옵니다.
인상 쓰는 사람에게 복은 오지 않습니다.
먼저 웃으십시오.
1초의 미소 뒤에 마음의 평화와 행복이 그림자처럼 따라옵니다.

… 먼저 웃기

꽃을 보십시오.

꽃에 눈을 맞추세요.

꽃을 보면 마음이 미소 짓습니다.

눈이 안 맞으면 마음도 맞지 않습니다.

상대의 눈을 보고 대화를 해야 마음이 전달됩니다.

관계가 어려울수록 웃음이 필요합니다.

사람을 움직이는 것은 마음이고

마음을 움직이는 것은 유머와 미소입니다.

먼저 눈을 맞추세요.

눈길이 가지 않으면 마음 길도 막힙니다.

꽃을 보듯이 이 세상에 미소 지으세요.

미소 짓는 마음속으로 행복의 향기가 전해옵니다.

… 미소

행복해지기를 기다리지 말고
그전에 웃어야 합니다
자칫하다가는 웃어보지도 못하고 죽게 됩니다

학인스님들이 강의를 듣고 있습니다.
그들은 무슨 생각으로 출가했을까요?
그리고 어디로 가고 있는 걸까요?
문득 학인스님들의 모습을 보면서 생각을 해봅니다.

우리는 살면서 많은 생각을 합니다.
'지금 하는 일이 바른 길인가?
잘 가고 있나?'
우리가 하는 일에 간절함이 있어야 합니다.
그대는 간절한 마음에 눈물을 흘려본 적이 있나요?
눈물이 날 만큼 간절해본 적 있나요?
나에게 묻고 당신에게 묻고 싶습니다.
간절함이 가득해야 삶이 충실합니다.
하루를 죽이는 것이 아니라
간절한 마음으로 하루를 온전하게 살면 후회 없이 살게 됩니다.

… 간절함

봄 햇살이 따사롭습니다.

이른 아침의 넉넉함.

차 한 잔을 마시면,

봄은 춤을 추며 다가옵니다.

봄바람이 매섭습니다.

바람은 왜 가만히 있지 못할까요?

왜 사람들은 마음의 안식을 갖지 못할까요?

물은 흘러가며 잠시도 흐름을 멈추지 않을까요?

모두 살아 있기 때문입니다.

우리는 살아 있기 때문에 변화합니다.

변화는 삶의 표현이고 생동감입니다.

이것이 무상입니다.

이 세상에 변하지 않는 것은 없습니다.

나 자신도 변하면서 다른 것이 변하지 않길 바라는 것은 이기심입니다.

영원한 것은 없습니다.

이것은 자연스러운 모습입니다.

… 살아 있기에

우리는 관계 속에 삽니다.

사람에게는 사람이 필요합니다.

사람을 얻는 데는 여러 길이 있지만

믿음과 기다림은 사람을 얻는 가장 좋은 방법입니다.

믿고 기다리면 그 자리로 돌아오는 것이 사람입니다.

이해되지 않으면 인정하세요.

내 생각을 바꾸면 하나가 됩니다.

무엇인가를 아는 것은 별것 아닙니다.

노력하면 알 수 있습니다.

문제는 노력을 하지 않는 것입니다.

관심은 사랑이고 이해심입니다.

이 세상에 믿음 없이 되는 일은 없습니다.

… 믿음

인생에서 가장 행복한 순간은

물 한 잔에도 감사하는 시간입니다.

인생의 가장 불행한 시간은

내가 잃어버린 것을 그리워하는 순간입니다.

우리는 미래를 위해 오늘을 사는 것이 아니라

오늘을 위해 오늘을 즐기며 살아야 합니다.

마음의 눈을 여세요.

과거에서 벗어나 겸손하게

늘 감사한 마음으로 오늘을 사십시오.

… 오늘을 위한 삶

우리는 좋은 세상에서 살고 있습니다.
추우면 힘겹고 고통스럽지만
봄이 있기에 그래도 감사합니다.

감사한 마음으로 사세요.
시시비비를 가리지 마세요.
시비의 답이 늘 맞는 것은 아닙니다.
'누가 옳은가'를 논하지 말고
'무엇이 옳은가'를 이야기해야 합니다.
그래야 시비가 아닌 답을 얻을 수 있습니다.
연말에 내린 눈이 아직도 마당에 가득합니다.
봄이 오면 눈은 자연히 녹아 사라집니다.
자연의 이치는 기다림입니다.
지금 당장 답을 구하지 마세요.
오늘의 답이 내일은 틀릴 수 있습니다.

… 무엇이 옳은가

꽃길입니다.

꽃비가 내려 화사하게 꽃잎으로 단장했습니다.

꽃비 사이로 장작을 나르고

새로 전기공사를 합니다.

집에 전깃불이 없으면 어둠의 세계입니다.

옛 것은 좋지만 낡은 것은 새로 교체합니다.

어둠의 세계에 불을 밝히듯이

우리 마음에도 세상을 밝히는 지혜의 불이 밝혀지고

우리들이 가는 길에도 꽃비가 내렸으면 좋겠습니다.

봄비가 내리는 아침.

봄비가 꽃님을 모셔가고

내일은 새로운 신록이 다가올 것입니다.

날마다 새로운 날.

산이 좋아 산에 삽니다.

… 꽃비

하늘이 맑습니다.

하늘에서 맑은 봄 내음을 맡습니다.

잠시 도시를 떠나 산으로 가보세요.

산의 향기를 느낄 것입니다.

어제 산을 오르다가 어린 멧돼지를 만났습니다.

더 오르자 어린 멧돼지 한 마리가 죽어 있었습니다.

왜 죽었을까, 생각합니다.

한 마리는 죽고, 한 마리는 살아 있습니다.

삶과 죽음은 항상 공존합니다.

죽은 멧돼지를 땅에 묻어주고 독경하고 기도합니다.

다음 생에는 축생의 몸을 받지 말라고……

우리는 지금 삶과 죽음을 마주봅니다.

죽음이 두렵다면 아무것도 할 수 없습니다.

산에 오르는 일은 내 삶의 길을 가는 것과 같습니다.

우리는 지금 어디로 가고 있을까요?

… 삶의 길

세상에서 가장 아름다운 일터는 어디인가요.
40대 중반 화이트칼라인 한국 남자가
모든 것을 정리하고 캐나다로 이민 가서
100년 전통의 '부차트 가든'의 정원사가 되었습니다.
그가 일하는 곳을 둘러본 어머니는
"너는 천국에서 일하는구나"라고 했습니다.
그에게는 부차트 가든이 지상 최고의 직장입니다.

당신은 아름다운 일터에서 일하고 있습니까?
청빈과 가난의 의미가 다르듯, 노동과 일은 다릅니다.
노동은 아름다울 수 없어도 일은 아름다울 수 있습니다.
모든 일에는 즐거움이 함께해야 행복합니다.
누구를 만나러 가느냐에 따라 다르고
누구와 가느냐에 따라 여행의 즐거움이 다릅니다.

이 세상에 의미 없는 일은 없습니다.
좋아서 하는 일이라면 지옥도 갑니다.
죽어서 가는 천국을 지금 가라고 한다면 모두 싫어합니다.

하는 일이 즐거워야 합니다.

지금 하고 있는 일이 즐겁지 않더라도

피할 수 없다면 즐겨보세요.

… 나의 일터

베풀지 못한 것을 후회해보신 적 있으신가요?
참지 못한 것을 후회해보셨나요?
그리고 이 순간 좀 더 행복하게 살지 못한 것을 후회하시나요?

우리는 지나간 일을 후회하고 삽니다.
해도 후회, 안 해도 후회라면 어느 쪽을 택해야 할까요?
하고 싶은 일을 하지 못하면 두고두고 아쉬움과 미련이 남습니다.
그러나 하고 나도 후회는 남습니다.
후회는 새로운 출발입니다.
하고 싶은 일을 하지 못해 후회하는 것보다
해버리고 새 출발하는 것이 좋습니다.
그것은 집착의 고리를 끊어버리기 때문입니다.
누구나 겪는 후회.
한 번은 실수이고
두 번 이상 겪으면 어리석은 일입니다.
후회를 보다 나은 내일로 가는 디딤돌로 삼으십시오.

… 후 회

봄은 꽃의 계절입니다.
앞산에 수채화 물감을 뿌려놓은 듯
산벚꽃이 아름답습니다.
산벚꽃에 취해 일을 하다가 발목을 삐끗해서 침을 맞으러 갔습니다.
앞 못 보시는 침술가 분이 어쩌다 다쳤냐고 묻기에
운동 겸 일을 하다가 그랬다고 했더니
운동은 하다 힘들면 그만하면 되지만
일은 끝까지 다 해야 하기 때문에 무리하게 된다고 하셨습니다.

맞습니다.
우리는 운동 겸 일을 한다고 하지만
운동과 일은 그래서 다릅니다.
우연한 기회에 타인에게서 삶의 지혜를 배웁니다.
그래서 세상 모두가 선지식입니다.

… 선 지 식

샛길과 굽은 길은 이 세상 어디에나 존재합니다.
그러나 절망적으로 생각하지 마세요.
칠흑 같은 어둠도 초 한 자루면 밝아지고
아무리 힘든 어려움도
긍정적인 한 생각이면 충분합니다.
세상의 모든 일을 바라볼 때
"분명히 좋은 일이 있을거야!"라는
긍정적인 태도를 갖는다면
인생은 더 아름다울 것입니다.
내 이웃을 바라볼 때도
이웃의 단점을 보기보다
좋은 면을 보려한다면
마음은 곧 평화로워질 것입니다.

… 일출

불일암 서재에는

성모 마리아상과 십자가 그리고 불상이 함께 있습니다.

일찍이 은사스님께서는 종교의 본질은 하나라고 하셨습니다.

그렇습니다.

우리의 마음도 본질적으로 하나입니다.

하나의 마음에서 다른 마음을 내기 때문에

갈등이 생기는 것입니다.

우리가 하는 일들.

우리가 처음 어떤 마음으로 시작했는지 살펴보십시오.

일이 잘못되면 초심으로 돌아가라는 말을 합니다.

길을 가다보면 노선이 달라지고

목적지가 바뀝니다.

지금 가만히 서서 내가 어디로 향하고 있는지

어디로 가고자 출발했는지 돌아보십시오.

성모 마리아상 앞에서 했다고

십자가 앞에서 했다고

나의 기도가 달라지는 것이 아닙니다.

다만 어떤 마음으로 했느냐가 중요합니다.

처음 그분과 한 약속이 무엇인지 생각해보세요.

종교와 마음은 하나입니다.

한 마음에서 두 마음을 내는 것이 문제입니다.

… 하나

아름다운 꽃.

해마다 만개하는 꽃들도 몸살을 앓습니다.

불일암 벚꽃이 올해는 눈이 내리다 만 것 같습니다.

그 대신 하사당을 안고 있는 산벚꽃은 만개했습니다.

꽃들도 해거리를 합니다.

봄이 오면 꽃잔치입니다.

이제 풀들도 고개를 내밀고

이름 없는 꽃들도 피어납니다.

꽃과 풀 들도 자기가 있을 자리에 있어야 살아남습니다.

아무리 아름다운 꽃도 자기 자리가 아니면 밀려나고

이름 없는 풀꽃도 자기 자리에 있으면 뽑히지 않습니다.

꽃과 풀 그리고 나무 들은 자기 자리를 잘 잡아야 합니다.

우리들 삶도 마찬가지입니다.

자기 자리가 아니면 수명을 다하지 못하고 옮겨야 합니다.

그래서 자기 분수를 알아야 한다고 합니다.

앉지 말아야 할 자리는 앉지 말고

있을 자리가 아니면 떠나야 합니다.

잡초를 뽑으면서 생각합니다.
이렇듯 세상 이치는 간단합니다.
그것은 자연의 섭리입니다.

꽃이 피는 봄날.
몸이 아프다고 엄살을 떨었더니
산골거사들과 보살들이 운력을 하고 갔습니다.
모두 좋은 이웃들입니다. 감사합니다.
마음이 하나면 무엇인들 못할까요.

… 산에는 꽃이 피네

꽃의 소리에 귀 기울여보세요.

꽃이 말하는 소리를 들어보세요.

자기 자신의 소리에 귀 기울여보세요.

자기 자신에게서 찾아보세요.

말 없는 소리를 들을 줄 알아야 합니다.

꽃의 소리, 침묵의 소리는 고요 속에서 들려옵니다.

마치 창문을 열어놓았을 때 들어오는 산들바람 같습니다.

그러나 일부러 창문을 열고 불러들이려 하면

아무것도 들리지 않습니다.

명상은 있는 그대로 보는 것입니다.

그 너머에 있는 것을 보는 것입니다.

그래서 명상은 나를 내려놓을 때 하나가 됩니다.

… 명상

봄이 오는 길목.

봄의 향기가 더디게 다가옵니다.

영하의 날씨에 매화 꽃망울이 움츠리고 있습니다.

인고의 시간입니다.

사랑은 멀리 있지 않습니다.

가까이 있는 사람부터 사랑하세요.

우리가 지금 힘든 것은 내일 행복하기 위한 것입니다.

모든 것은 시절인연입니다.

때가 되면 매화꽃 향기가 향기롭게 전해집니다.

… 봄이 오는 길목

인 연 에 대 해 서

우리는 홀로 존재할 수 없는 관계 속에서 살아갑니다. 관계라는 것은 인연입니다. 우리가 어떤 인연을 맺느냐에 따라 우리의 삶이 달라집니다. 우리가 지금까지 만난 인연들을 살펴보면 좋은 인연과 그렇지 않은 인연이 있습니다.

세상에 태어나 만난 첫 번째 인연은 부모님입니다. 부모님을 만난 것은 내가 선택한 인연입니다. 흔히 말썽 피우는 아이들이 "왜 나를 낳았느냐"고 합니다만, 불교의 인연법에 의하면 부모를 선택한 것은 바로 나 자신입니다. 내가 어머니 태에 들어가지 않았다면 오늘의 부모님과 인연이 되지 않았을 것입니다. 좋은 부모님을 선택한 것도 나의 몫이요, 내가 원하지 않는 부모님을 만난 것도 나의 선택입니다. 이것은 속세의 인연법이니, 지금 맺어진 인연은 그렇게 맺어질 사연이 있기에 가능한 것입니다.

오늘의 나는 누구입니까?

우리는 다양하고 많은 인연을 맺으며 삶의 즐거움과 괴로움의 부침 속에서 나이를 먹어갑니다. 다른 사람이 자신에게 좋은 인연인지 생각하면서, 자신도 상대방에게 좋은 인연인지 생각해봐야 합니다. 지금 나는 어떤 환경 속에서 어떤 인연을 맺고 살고 있습니까?

꽃밭에 가면 꽃향기가 나고, 생선 파는 시장에 가면 비린내가 납니다. 음악을 좋아하는 사람은 노래를 즐겨 듣고, 운동을 좋아하는 사람들은 경기장으로 갑니다. 우리는 이렇게 다양한 모습입니다. 다양한 모습이란 우리가 익힌 습관입니다. 내가 무엇을 좋아하고 싫어하는 것은 바로 습관과 관념이 만들어낸 결과물입니다. 그러니 좋고 싫고가 없습니다.

일 또한 인연입니다. 지금 당신은 무엇을 하고 있습니까? 지금 하는 일에 만족합니까? 하는 일이 즐거워야 행복합니다. 지금 하는 일이 당장 즐겁고 행복하지 않더라도 이 순간을 인내하며 기쁜 마음으로 한다면 좋은 결과가 반드시 올 것입니다. 흔히 출가하신 스님들을 보고 일반인들은 어렵고 힘든 출가수행을 왜 하느냐고 묻습니다. 힘들이지 않고 하는 수행 방법은 없습니다. 땀 흘리고 잠시 쉬는 순간이 얼마나 달콤하고 좋은지 누구나 다 압니다. 우리의 삶도 마찬가지입니다. 영원한 고통도, 영원한 행복도 없습니다.

세상 사람들에게 영혼을 일깨우는 메시지를 전하신 스승들을 보십시오. 그중 부처님은 명예와 부를 다 내려놓으시고 삶이란 무엇인가, 하는 근원적인 문제를 해결하기 위해 모든 것을 던지셨습니다. 나 하나를 버리고 세상 사람들 모두에게 행복의 길을 열어주신 것입니다.

얼마 전 입적 5주기를 맞으신 법정 스님도 지금은 계시지 않지만 오늘날 우리에게 맑은 영혼의 일깨움을 주신 분입니다.

제가 법정 스님을 만난 인연은 이렇습니다. 저는 출가 전 스님의 책을 만났고, 이 인연은 송광사로의 출가로 이어져 행자생활을 하며 스님을 모시게 되었습니다. 출가하면 행자생활을 하는데, 당시 행자생활이란 훈련소같이 혹독한 1년 과정으로 군대에 다녀온 저에겐 군대보다 더 엄하고 힘든 과정이었습니다. 시퍼런 억새풀 같은 법정 스님의 모습은 누구도 범접하지 못할 정도로 엄했습니다.

스님께서는 평소 수행을 하시면서 세 가지 원칙을 세우셨는데, '첫째, 상좌를 두지 않는다. 둘째, 주지 소임을 맡지 않는다. 셋째, 두루마기를 입지 않는다'였습니다.

스님은 상좌(제자)를 두지 않으셔서 행자들이 불일암에 계시는 스님께 우편물을 배달해드리고, 도량 청소를 해드리는 등 3개월 단위로 돌아가며 시봉을 했습니다. 그러다 제 차례가 되었고, 설렘과 긴장감으로 우편물을 전해드리고 청소와 심부름을 거들어드리는 일을 시작한 지 3개월이 다 되는 날이었습니다.

법정 스님께 "오늘은 스님 시봉이 끝나는 날입니다. 내일부터 올라오지 못합니다"라고 말씀드렸더니 "행자님! 그동안 수고 많았습니다. 원주 스님께 말씀드릴 테니 계속 올라오십시오"라고 하셨습니다. 그래서 그 날부터 저는 더욱더 긴장하면서, 그러나 신나게 스님의 시봉을 계속했습니다.

하루에 많게는 아홉 번, 평균 두 번 이상을 송광사 큰절에서 불일암까지 오르내리는 시봉은 큰 즐거움이었습니다. 서툰 지게질로 지고 가던 커다란 물통을 산 아래로 굴러 떨어뜨려 다시 지고 올라가면 왜 이렇게 늦었느냐는 호통도 들으며 시봉을 했습니다.

그렇게 1년 넘는 행자생활을 마치고 은사스님을 정해야 할 때가 되었습니다. 상좌를 두지 않겠다는 법정 스님의 원칙이 있기에 스님의 허락을 받아야 할 순간이 오자 많은 생각이 들었습니다. 여태까지 여러 행자들이 시봉을 했지만 법정 스님은 상좌를 받지 않았기 때문입니다.

저는 만약 스님께서 허락하지 않으시면 허락하실 때까지 계를 받지 않고 행자생활을 해야겠다는 각오로 스님께 삼배를 올리고는 "스님, 저를 제자로 받아주십시오" 했습니다. 그러자 예상 밖에도 스님은 주저 없이 차 한잔을 주시며 "그동안 고생 많았다. 오늘부터 너의 법명은 '덕조德祖'다"라고 하셨습니다. 그동안의 원칙을 깨고 저를 상좌로 받아주신 것입니다.

그날의 그 기쁨은 이루 다 말할 수 없습니다. 천하를 다 얻은 것 같은 마음! 당신의 원칙을 깨고 상좌로 받아주셨다는 감사함에 온 정성을 다

해서 스님을 모시리라 다짐했습니다. 큰절로 내려와 법정 스님께서 나를 상좌로 허락해주셨다고 말하니 모두 그 말이 사실이냐고 믿을 수 없다고 했습니다. 법정 스님을 은사스님으로 사미계를 받으러 가니 종단 스님들께서도 사실이냐고 물었습니다. 이렇듯 모든 사람들의 관심을 받으며 은사스님과 지대한 인연을 맺었습니다.

출가 전 부모님과의 인연이 필연이라면, 출가 후 수행자로 다시 태어나 만나는 새로운 부모님인 스승과의 인연은 시절인연입니다. 스승의 은혜란 가히 말할 수 없고 보답하기 어렵다는 말이 있듯이, 무소유의 표상이신 은사스님의 그림자에 누가 될까 노심초사하며 시퍼런 칼날 위를 걷는 마음입니다. 더욱이 이제는 가시고 계시지 않으니 더 어렵고 조심스럽습니다. 글을 쓰는 이 순간에도 혹여 스님께 누가 되지 않을까 걱정스럽습니다. 은사스님께서는 수행자는 어떻게 살아야 한다는 것을 늘 말씀하셨기에 지금 나 자신이 수행자답게 살고 있는지 돌아봅니다. 30년 넘게 스님의 그림자를 밟지 않으려고 노심초사하며 살아왔습니다.

어느 날 제 글이《맑고 향기롭게》소식지에 실린 것을 스님께서 보시곤 "덕조! 글 잘 쓰네. 계속 글을 좀 쓰지" 하셨는데, 그때 저는 스님이 계시는 동안은 내 글을 책으로 묶지 않으리라 다짐했습니다. 스님께 누가 될까 염려했기 때문입니다.

돌이켜보면 행자시절부터 입적하실 때까지 스님께선 언제나 저에게 각별하셨습니다. 불일암에 계실 때 간혹 시장에 가시면 문방구에 들러

문구류를 사와 건네주셨고, 해외에 나가시면 꼭 엽서를 보내주시고 선물을 빼놓으신 적이 없는 자상한 분이셨습니다. 하지만 엄격하실 때는 또 얼마나 매서우신지 한여름에 얼음이 얼 정도로 무서웠습니다.

언젠가 속가 친구의 아내가 세상을 떠나서 조문을 하고 왔더니 "어디 다녀왔느냐"고 물으셨습니다. "속가의 친구 조문을 다녀왔습니다"라고 말씀을 드리자 "출가한 중이 왜 속가와 인연을 맺느냐? 속가와 인연을 계속 맺고 살려면 당장 승복을 벗고 나가라"고 불호령을 내려서 얼마나 참회했는지 모릅니다. 스님께서는 당신의 어머니가 돌아가셨을 때도 결제 중이라고 가시지 않았습니다.

저는 무서워하는 사람이 없는데 스님 앞에만 서면 늘 옴짝달싹 못하는, 사자 앞의 어린 양이었습니다. 스님은 저에게 하늘이셨고 큰 산이셨습니다. 스님의 말씀은 저에겐 절대 진리였고 수행의 표상이었습니다.

인연은 소중합니다. 비록 만나지 못하더라도 인연은 사라지지 않고 영원합니다. 우리 모두 좋은 인연을 만들어야 합니다. 스쳐가는 인연이 무수히 많지만 그중 의미 있는 만남은 생에 전환점을 가져올 수도 있습니다. 그래서 내가 만난 인연은 모두 소중합니다. 지금 내가 맺고 있는 인연에 감사하십시오. 우리는 감사함 속에 더욱 행복해질 것입니다.

2

산골에서 불어오는 바람

원인 없이 스스로 존재하는 것은 없습니다.

진리는 늘 고통 속에서 발견되고

연꽃은 진흙 속에서 피어납니다.

원인과 결과는 실타래와 같은 것.

힘들이지 않는 자에게는

아무것도 주어지지 않습니다.

고통이 남기고 간 뒤를 보세요.

내가 흘린 땀방울이 메마른 땅을 적시고

그곳에 아름다운 결실이 맺힙니다.

그것이 자연의 법칙입니다.

… 법 칙

인생은 마라톤과 같습니다.

사람들은 서로 밀치면서 앞으로만 달려갑니다.

비록 공동의 목표가 있는 것 같지만

그 목표라는 것은 다른 사람에게서 반사되어 나옵니다.

당신이 진정 바라는 것이 아닙니다.

지금 그 자리에 서서 자신에게 물으세요.

나는 무엇을 하려 하는가.

지금도 늦지 않습니다.

어떤 집을 지을 것인가, 삶의 설계도를 그려보세요.

그리고 다시 목표를 향해 달려 나가세요.

목표가 없는 배는 정박할 곳이 없습니다.

… 목표

답답하면 눈을 감으세요.

그리고 세상의 소리를 듣지 마세요.

눈을 감으면 내 마음의 소리를 들을 수 있고

마음속으로 관세음보살을 볼 수 있습니다.

눈을 감고 음악을 들으세요.

깊은 울림을 느낄 수 있습니다.

세상을 보는 눈은 마음입니다.

세상의 소리를 듣는 것도 마음입니다.

단 5초만이라도

눈을 감고 명상을 하세요.

몸의 눈을 감으면

마음의 눈을 뜨게 되니까요.

… 마음의 눈

현명한 사람이 되려거든

사리에 맞게 묻고

조심스럽게 듣고

침착하게 대답하세요.

그리고 더 할 말이 없으면

침묵하기를 배워야 합니다.

… 침묵의 힘

우리가 살면서 한 가장 큰 실수는 무엇일까요?

내 앞에 놓여 있는 일을 포기한 것입니다.

세상에 되지 않을 일도 있지만

그래도 포기하지 마세요.

포기는 가장 어리석은 일입니다.

희망은 때때로 우리를 속이지만

포기하지 않으면 늘 희망이 있습니다.

희망이란 포기하지 않았을 때 오는 것입니다.

… 희망

답답하면 눈을 감으세요.

세상을 보는 눈은 마음입니다.

세상의 소리를 듣는 것도 마음입니다.

이 시대의 참 언론인인 고 이영희 선생께서 이런 말씀을 했습니다.
"내가 종교처럼 숭앙하고 내 목숨을 통해서 지키려고 하는 것은
'국가'가 아니라 '진실'이야"라고요.

사람에겐 진실이 생명입니다.
진실하지 못한 사람은 신뢰가 없습니다.
부처님의 고행상을 보세요.
부처님은 진실을 통해 지혜의 광명을 보여주셨습니다.
수행이란 말이 앞서면 안 됩니다.
그리고 내 말이 진실하지 않으면 안 됩니다.
자신의 모습을 보세요.
내 모습은 진실한가요?
내 잘못을 누구에게 전가하고 자신을 속이고 있지 않나요?
세상을 다 속여도 양심을 속이진 마세요.

… 진실

좋고 나쁜 것은 없습니다.

나와 다를 뿐입니다.

옳고 그른 것은 없습니다.

나와 생각의 차이가 있을 뿐입니다.

좋은 사람, 나쁜 사람은 없습니다.

참고 못 참고의 차이가 있을 뿐입니다.

우리는 서로의 차이를 인정해야 합니다.

보는 눈이 다르고

듣는 귀가 다르고

느끼는 것이 다릅니다.

나와 다르다고 틀렸다고 하지 마세요.

틀린 것이 아니라 다만 '차이'가 있을 뿐이고

다만 서로 '다른 사람'이 있을 뿐입니다.

… 나와 다른 사람

지금 마음이 평온한가요?

불편한 마음은 어디서 올까요?

관계에서 불편한 마음이 온다면

내려놓으세요.

나로 말미암아 마음이 불편하다면

미안하다 말하세요.

한 걸음 떨어져서 보면 편안해집니다.

넓은 바다를 생각하세요.

나는 강물에 불과합니다.

… 평안하라

개구리 가족이 연잎 위에서 쉬고 있습니다.
어울려 사랑을 나누고
평화롭게 여유를 즐깁니다.

우리는 어떠한가요?
모이면 남의 허물을 이야기하며 입으로 죄를 짓고 있지 않나요?
옛 어른들은 머리를 맞대면
덕담과 도가 아니면 말하지 말라고 했습니다.
이 세상은 말이 많은 세상입니다.
입이 맑지 않으면 세상이 어지럽고 내 마음이 시끄럽습니다.
얼굴을 맞대면 좋은 말만 하세요.
그래야 덕이 쌓이고 복이 됩니다.

… 덕을 쌓는 참 쉬운 방법

"모이면 남의 허물을 이야기하며

입으로 죄를 짓고 있지 않나요?"

복은 베풂으로 생긴다고 하였습니다.

부처님 경전에 보면 이런 이야기가 있습니다.

어떤 이가 부처님을 찾아와 호소를 하였습니다.

"저는 하는 일마다 제대로 되는 일이 없으니 이 무슨 이유입니까?"

"그것은 네가 남에게 베풀지 않았기 때문이니라."

"저는 아무것도 가진 게 없는 빈털터리입니다. 남에게 줄 것이 있어야 주지. 뭘 준단 말입니까?"

"그렇지 않느니라. 아무리 재산이 없더라도 누구나 줄 수 있는 일곱 가지를 가지고 있느니라."

《잡보장경》에 보면 이런 이야기가 있습니다.

첫째는 화안시,

얼굴에 밝은 미소를 띠고 부드럽고 정답게 남을 대하는 것이요.

둘째는 언시,

말로 얼마든지 베풀 수 있으니,

밝고 긍정적인 말로 공손하고 아름답게 남을 대하는 것이다.

셋째는 심시,

마음을 열고 따뜻하고 자비로운 마음으로 사람을 대하는 것이다.

넷째는 안시,

부드럽고 온화한 눈빛으로 호의를 담아 남을 대하는 것이다.

다섯째는 신시,

몸으로 어려운 이웃이나 노약자의 짐을 들어준다거나 일을 돕는 것이다.

여섯째는 좌시,

때와 장소에 맞게 다른 사람에게 자리를 내주어 양보하는 것이다.

일곱째는 찰시,

굳이 묻지 않고 상대의 마음을 헤아려 알아서 도와주는 것이다.

"네가 이 일곱 가지를 행하여 습관이 된다면 너에게 행운이 따르리라."

… 베풀며 얻는 기쁨

세월이 흘러갑니다.

그러나 세월호는 팽목항 앞바다에 잠겨 있습니다.

강한 햇살이 앉아 있는 수행자에게 전해옵니다.

가는 세월만큼 우리 마음 한 켠에는 상처가 남아 있습니다.

마음을 치유하기 위해 기도하고 정진합니다.

세월호 침몰의 슬픔 속에 지방선거가 치러지고

각각 다른 민심을 느낍니다.

우리는 이렇게 살아갑니다.

각각 다른 생각을 하며……

각각 다른 모습으로 살아갑니다.

이웃의 아픔을 나의 아픔처럼 느끼겠지만

그 아픔의 크기는 다릅니다.

태양은 높은 곳에서 비추지만

태양의 밝은 빛을 받지 못하는 곳이 있듯이 말입니다.

세상에는 행복한 사람도 많지만, 불행한 사람도 많습니다.

이해하고 힘든 사람을 부축하며 같이 살아가는 것이 중요합니다.

어제는 남의 불행이던 일이

오늘은 그 불행이 나의 일로 다가올 수 있습니다.

그래서 우리는 사랑과 고통을 함께 나누어야 합니다.

우리는 둘이 아닌 하나이기 때문입니다.

… 오늘의 의미

우리는 이렇게 살아갑니다.

각각 다른 생각을 하며……

이웃의 아픔을 나의 아픔처럼 느끼겠지만

그 아픔의 크기는 다릅니다.

성 베네딕도가 세운 몬테 카시노 수도원에
공동생활을 위한 규칙에 이런 내용이 있습니다.

세상의 흐름에 휩쓸리지 마라.
분노를 행동으로 옮기지 마라.
자신의 행동을 항상 살피라.
하느님이 어디서나 우리를 지켜보고 계신다는 것을 확실히 믿어라.
말을 많이 하지 마라.
다툼이 있었으면 해가 지기 전에 바로 화해하라.

길상사 설법전에 1,080분의 부처님이 미소 짓고 계십니다.
따스한 미소.
자비와 사랑이 넘치는 모습으로 세상 소리를 듣고 계십니다.
이곳은 법정 스님의 정신이 깃들어 있는 맑고 향기로운 도량.
스님이 어디서나 우리를 지켜보고 계실 텐데
지금 우리는 잘 살고 있는지 반성합니다.
스님이 지금 계신다면 뭐라고 하실까 부끄럽습니다.

그리고 죄송하고 죄송합니다.

맑고 향기로운 도량에 스님의 향기가 그립습니다.

… 스님 생각

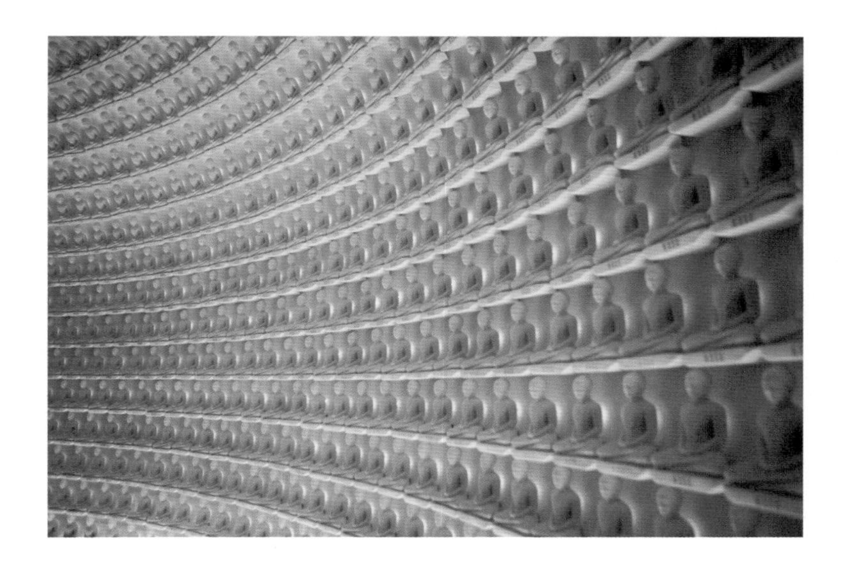

산골에 생강꽃이 피었습니다.

꽃은 말없이 우리에게 기쁨을 베풀고 있습니다.

베풂이란 아름다운 것입니다.

내가 가진 것은 온전히 내 것이 아닙니다.

더불어 사는 사람들의 몫이 잠시 내게 맡겨진 것입니다.

내가 가질 수 있는 것은 한계가 있습니다.

지나친 소유는 탐욕입니다.

우리는 빈손으로 왔다가 빈손으로 갑니다.

나눌 수 있을 때 나눠야 큰 기쁨이 됩니다.

우리가 소유하고 있는 물건을 보십시오.

내게 필요한 물건은 이웃에게도 필요한 물건이고

내게 필요하지 않은 물건은 이웃에게도 가치가 없습니다.

먹고 남은 것을 남에게 주는 것은

바람직한 일이 아닙니다.

자신의 결핍과 불편을 참고 주는 것이 진짜 베풂입니다.

베풀려면 내가 살아 있을 때 나눠주어야 합니다.
내가 지닌 물건은 내가 죽으면 그 물건도 같이 죽습니다.
유품의 의미는 있지만 나와 무관한 사람은
그것을 쉽게 가지려 하지 않습니다.
나누십시오.

베풂으로 욕심에서 벗어날 수 있습니다.
탐욕은 채울 수 없는 욕망이자 집착입니다.
베푸십시오.
베풀 때는 받는 쪽에서도 비굴하지 않도록 배려해야 합니다.
텅 빈 마음으로 베풀어야 연꽃이 핍니다.

… 나누고 베푸는 것

일찍 일어나세요.

하루를 차분하게 기도로 시작하세요.

허투루 보내는 시간을 줄이세요.

하루는 24시간입니다.

시간을 낭비하지 마세요.

누구에게나 공평한 것이 시간입니다.

순간순간이 영원입니다.

영원은 하루 속에 있습니다.

오늘의 나의 모습은 어제의 나의 모습이고

오늘은 내일의 나의 모습이 됩니다.

이 순간에 과거 현재 미래가 동시에 존재합니다.

이 순간을 낭비하면 나의 인생을 낭비하게 됩니다.

세상에서 가장 큰 죄는 인생을 허비한 죄입니다.

기도하는 마음으로 하루를 시작하고 기도로 마무리하세요.

기도는 내일을 잇는 행복의 밧줄입니다.

… 시간

사람들이 불행한 이유는 단 한 가지뿐입니다.

그것은 자기 자신이 행복하다는

사실을 잊어버리고 남과 비교하기 때문입니다.

시간은 시냇물과 같습니다.

한 번 흘러가면 결코 다시 돌아오는 법이 없습니다.

자신의 삶을 후회하지 않는 방법은

황금 같은 지금 이 순간을

행복하게 보내는 일입니다.

지금 이 순간.

… 지금 이 순간

사랑이란 자유로워지는 것.

두 사람 모두 자유로워지는 것이다.

그러므로 사랑 속에 고통의 가능성이 있다면,

아픔의 가능성이 있다면,

그것은 사랑이 아니다.

미묘한 형태의 소유나 탐욕에 지나지 않는다.

지두 크리슈나무르티의 《오늘을 살기 위하여》 중에

이런 이야기가 있습니다.

사랑한다면

누군가를 진정 사랑한다면

자유롭게 해주세요.

사랑은 자유를 주는 것입니다.

··· 사랑

날씨가 무덥습니다.

문을 활짝 열어도 땀이 등을 타고 흐릅니다.

학인스님들이 108배를 하며 참회발원을 하고 있습니다.

보름마다 삭발하는 날은

저녁예불을 마치고 〈신 정혜결사 결의문〉을 낭독합니다.

코끝이 시큰해집니다.

'출가하여 스님 되는 것이 어찌 작은 일이랴' 했는데……

다시금 출가수행자임을 확인하고 다짐합니다.

결의문에 이런 내용이 있습니다.

어른을 공경하고, 이웃을 배려하는 따뜻한 마음으로 솔선수범한다. 사람을 의지하지 않고 법에 의지하며, 정식에 의지하지 않고 지혜에 의지한다. 보조 스님의 숨결이 살아 있는 송광사 학인 하나하나는 오늘도 묵묵히 마음의 등불을 밝힌다.

삶은 하나입니다.

어떻게 사느냐가 중요하고, 무엇을 하느냐가 중요합니다.

수행자는 이렇게 묵묵히 마음의 가시덩굴을 헤치며 갈 길을 갑니다.

… 학인스님들

나비는 향기 있는 꽃을 찾아 앉습니다.
아름다운 꽃이 있지만 향기가 없으면 다가가지 않습니다.
우리에게도 향기가 있습니다.
향기가 있는 사람은 마음이 넓은 사람입니다.
우리는 각자 한 마음을 지니고 있지만 그 크기는 다 다릅니다.
마음을 어떻게 쓰느냐에 따라 세상이 달라집니다.
예부터 좁은 집에서는 살 수 있어도
속 좁은 사람과는 살 수 없다고 했습니다.
살다보면 가까이 다가갈수록 편안한 사람이 있는가 하면,
시간이 지날수록 불편하고 무서운 사람이 있습니다.
나는 어느 쪽인가요?
벌과 나비가 좋아하는 사람이 되세요.
향기를 지닌 사람이 되세요.
나의 주변을 돌아보고 한 생각 바꿔보세요.
이웃이 좋아하는 사람이 되세요.

… 꽃과 나비

채마밭을 가꾸면서 많은 것을 배웁니다.

농사는 경험을 필요로 합니다.

모르면 물으세요.

묻는 것은 부끄러운 일이 아닙니다.

지식이나 지혜 없이 하는 일은

실수를 불러옵니다.

지혜로운 사람은 자신의 실수를 경험으로 삼고

조금 더 지혜로운 사람은 남의 실수를 보고 교훈을 삼습니다.

실수하기 전에 물어보세요.

반복되는 실수는 실수가 아닙니다.

성의 부족이고 여러 사람을 번뇌스럽게 합니다.

지혜로운 사람이 되세요.

… 지 혜 롭 게

하안거가 보름밖에 남지 않았습니다.

긴 장마가 끝나고

스님들이 정진하는 처소 지붕에 열기가 가득합니다.

조금만 움직여도 땀방울이 솟습니다.

땀을 쏟아버리면 개운합니다.

더위를 피할 곳이 어디 있나요.

마음 한구석에 있는 안식처로 가세요.

편하면 편한 대로 병통이 생기고

더우면 더운 대로 인내심이 필요합니다.

그래서 지혜가 필요합니다.

지혜란 마음에 번뇌의 일을 만들지 않고

덥다고 짜증낼 게 아니라

이 순간도 잠깐이니 살아 있음으로 누리는 행복이라고 생각하세요.

… 이 열 치 열

기다리던 비가 내립니다.

달콤한 바람이 좋아 바람소리가 좋아

창문을 열어놓고 잠이 들었습니다.

때가 되면 비가 오고 바람이 부는데

우리는 자신이 원하는 시간에 비가 오길 원합니다.

자연은 우리들 마음 밖의 일입니다.

스스로 비가 되고 바람이 되어야 합니다.

노자《도덕경》에 이런 말이 있습니다.

내가 줄 가르침은 세 가지뿐이다.

그것은 단순함, 인내, 자비가 그것이다.

나에게 자비심이 충만하면 모두 평화롭습니다.

나는 무자비하면서 상대방에게 자비를 베풀라고 하는 것은 모순입니다.

비가 와서 좋은 아침.

마음에 비가 내리고 꽃밭에 비가 내려 좋은 아침입니다.

… 비 오는 아침

사랑은 혼자 할 수 있습니다.

그저 바라지 않고 베푸는 사랑입니다.

깊은 산속에서 혼자 사랑을 합니다.

이곳에 함께하는 식구들이 있습니다.

식구란 끼니를 함께 나누는 사이를 일컫습니다.

다람쥐와 사탕을 나눠 먹는 산골.

행복은 혼자 있어도 넉넉합니다.

행복은 작은 일에도 고마워하고

서로 보살피고, 서로 칭찬하고 서로 나누는 가운데 생깁니다.

혼자 사랑하다 보면 살포시 행복이 마음속에 자리합니다.

… 식구

이 순간은 잠깐이니

살아 있음으로 누리는 행복이라고 생각하세요.

바람에게 경전을 들려주는 방법이 없을까요.
물에게 부처님 말씀을 전할 수 있는 방법은 무엇일까요.
자연에 다가갈수록 신에게 다가간다는 말이 있습니다.
자연은 어머니이고 우리의 모습입니다.

문맹인은 글을 모릅니다.
그러나 들을 수는 있습니다.
그래서 티베트에서는 천에 경전을 적어 바람에 펄럭이게 합니다.
천이 펄럭일 때마다 경전의 말씀이 널리 전해진다고 합니다.
무지한 사람에겐 지혜가 필요합니다.
지혜는 진리의 말씀을 터득하는 일입니다.
하루하루 나 자신을 살펴보십시오.
나는 지혜를 얻기 위한 공부를 하고 있는지,
지혜로움은 모든 사람에게 덕이 되고 모두를 행복하게 합니다.
경전을 적은 천 타르초가 펄럭이듯 향기를 전하는 사람이 되세요.

… 지혜의 향기

주전자에 짜이가 담겨 있습니다.
짜이는 숙성한 차입니다.
숙성은 썩지 않고 깊은 맛을 냅니다.
오랜 인내의 결과물입니다.
삶의 목표는 1등이 아니라
보다 넉넉하고 향기로움입니다.
인생은 실패할 때 끝나는 것이 아니라
포기할 때 끝이 납니다.
짜이를 담은 주전자가 빛나는 것은
닦고 닦은 결과이고
깊은 맛은 인고의 시간입니다.

… 인 내

마음을 낮추세요.

마음을 낮추면 가슴이 따뜻해집니다.

복잡하게 생각하지 마세요.

생각이 단순하면 마음이 깊어집니다.

마음이 가난하길 기도하세요.

가난하면 겸손해집니다.

나를 미워하는 사람을 위해 기도하세요.

나를 미워하는 사람을 용서해야 하나가 될 수 있습니다.

진정한 기도란 사랑하는 사람보다

미워하는 사람을 향해 하는 것입니다.

… 가난한 기도

나를 미워하는 사람을 위해 기도하세요

나를 미워하는 사람을 용서해야

하나가 될 수 있습니다

진정한 기도란 사랑하는 사람보다

미워하는 사람을 향해 하는 것입니다

오 늘 을 기 쁘 게 산 다 면

과거를 따라가지 말고 미래를 기대하지 마라.

한번 지나간 것은 이미 버려진 것.

미래는 아직 오지 않았다.

다만 현재의 일을 자세히 살펴, 잘 알고 익히라.

누가 내일의 죽음을 알 수 있으랴.

《아함경》에 있는 말씀입니다. 나는 지금 현재에 살고 있는지 살펴보십시오. 혹시 지나간 과거에 살고 있지 않나요? 만약 출가한 사람이 출가하기 전 과거에 머물러 살고 있다면 비록 집을 떠나왔더라도 삭발 대신 머리를 기르고 승복 대신 양복을 입은 모습으로 머물러 있는 것입니다. 그래서 출가수행자는 출가 전의 삶을 전생의 삶이라고 합니다. 출가 이후 지금의 모습이 나의 현재 모습이고, 출가수행자답게 늘 깨어 있는 정신으로 과거나 미래가 아니라 현재를 살고 있습니다.

그런데 우리는 이미 지나간 일에 집착하며 여전히 힘들어하는 경우가 있습니다. 어떤 힘으로도 바꿀 수 없는 과거에 매달린다면 오늘을 제대로 살 수 없습니다. 가만히 생각해보십시오. 과거가 내 삶의 발자국이고 나의 역사일 수는 있지만, 내가 사는 것은 지금입니다. 내가 지금 이렇게 살면서 지나간 과거에서 벗어나지 못한다면 지금의 삶은 빈껍데기가 될 것입니다. 그래서 지나간 과거는 이미 버려진 것과 다름없다고 합니다.

미래는 또 어떠합니까? 삶이란 우리의 생각과 의지로만 영위되진 않습니다. 외적 상황과 조건이 상당한 변수로 작용합니다. 그러므로 미래의 삶은 우리가 예상은 할 수 있어도 어떻게 변할지 모르는 일입니다. 아직 오지 않은 미래는 힘든 지금의 삶을 위로해주고 희망을 줄 수 있지만 마약처럼 복용해서는 안 됩니다. 과거의 삶은 물론이고 미래의 삶은 오늘을 어떻게 사느냐에 달려 있습니다. 우리가 잘 살고 못 살고 하는 것은 오늘을 어떻게 사느냐에 달려 있습니다.

오늘을 사는 우리, 똑같은 삶을 사는 사람은 없습니다. 하지만 종착지는 다 같습니다. 시간적 차이만 있을 뿐입니다. 보이지 않는 종착지를 향해 달려가는 인생의 마라톤 경주에서 우리는 삶의 주인공이 되어 각자 인생의 도화지에 나름대로 아름다운 그림을 그리고 색을 칠합니다. 어떤 사람은 오직 앞만 보고 달리고, 어떤 사람은 좌우 풍광을 보면서 자연의 다양한 색과 여유로움을 삶의 스케치북에 담으면서 달립니다. 또 내 그림에 다른 사람이 와서 색을 칠하여 내가 원하는 그림이 아닌 다른 그림을 그릴 수도 있습니다. 내 그림을 내가 온전히 그리기 쉽지 않습니다.

우리는 이 세상에 올 때 각자 다른 조건을 가지고 마라톤 경주를 시작했습니다. 긴 삶의 여정에서 상당히 유리한 조건에서 출발하는 사람도 있지만, 누구는 불리한 조건에서 출발하기도 합니다. 이렇게 인생의 마라톤 경주는 능력이나 노력 여부와 상관없이 출발부터 불공평하고 각각 다른 조건 속에서 시작합니다. 그렇다고 누구를 탓할 수는 없습니다.

인간은 각자 주어진 삶의 조건 속에서 나름대로 삶을 영위해갑니다. 사람마다 가치기준이 다르고 각자가 생각하는 성공, 행복, 만족 등도 다릅니다. 출발 조건이 좋은 사람은 조건이 나쁜 사람보다 삶을 설계하고 경영하는 데 유리합니다. 그러므로 각자에게 자신의 삶에 대한 책임을 지우면서 네 탓이라고 하는 것은 불공평합니다.

힘든 조건 속에서 성공을 하고, 높은 명성과 사회적 지위를 얻은 사람도 있습니다. 그런데 그것이 온전히 한 개인의 힘으로만 이뤄낸 것일까요? 만약 그렇다고 한다면 불확실한 미래에 대해 걱정할 필요가 없습니다. 성공한 사람처럼 살면 될 테니까요. 하지만 그렇게 산다고 해도 결과는 다를 수 있습니다. 이유는 바로 그 사람이 처한 크고 작은 상황, 시스템, 인맥 등 외적 조건이 다르기 때문입니다.

우리는 내가 누리는 부와 명예, 그리고 행복이 모두 자신의 몫이라고 착각하고 있습니다. 지금 내가 누리는 행복은 내가 노력해서 얻은 결과이기도 하지만 나를 위해 누군가가 희생했기 때문에 그분 덕분에 얻은 결과이기도 합니다. 성공의 비결, 행복의 비결은 어디에 있느냐고 묻는다면 '자신'이라고 할지도 모르겠지만, 주변 사람들의 덕임을 알아야 합니다.

덴마크 사람들은 삶의 성공 여부를 결정짓는 것이 더불어 사는 이웃들의 도움과 운이라고 생각하고, 그렇기 때문에 내 재능과 자산을 사회에 환원해야 한다고 생각합니다. 이렇듯 알고 보면 내가 이렇게 행복하게 살며 누리는 것은 내 것이 아닙니다. 다 내 것이라고 생각하는 순간부터 하나둘 빠져나가기 시작합니다. 손으로 모래를 움켜쥐면 쥘수록 빠져나가는 것과 같습니다. 그렇다고 가진 것이 없다고 절망할 필요도 없습니다. 다만 내가 살고 있는 이 순간 얼마나 만족하고 사느냐가 중요합니다.

한 집배원이 있었습니다. 그는 시골의 메마른 길을 매일 오가며 우편물을 배달하였습니다. 어느 날 이 집배원은 '모래먼지가 자욱한 이 황폐한 길을 오가며 남은 인생을 보내겠구나! 어쩌면 나는 정해진 이 길을 왔다 갔다 하다가 그대로 인생이 끝나버릴지도 모른다'는 황망함을 느꼈습니다. 그래서 집배원은 '어차피 나에게 주어진 일이라면 기쁘게 할 수 있도록 이 길을 아름답게 만들자'고 마음을 먹었습니다.

그는 다음 날부터 주머니에 들꽃 씨앗을 넣어가지고 다녔습니다. 그리고 우편 배달을 하는 짬짬이 그 꽃씨들을 길에 뿌렸습니다. 그 일은 그가 메마른 길을 오가는 동안 하루도 쉬지 않고 계속되었습니다. 이렇게 여러 해가 지나고 집배원은 콧노래를 흥얼거리며 우편물을 배달하게 되었습니다. 그가 걸어 다니는 길 양쪽에는 노랑, 빨강, 초록의 꽃들이 다투어 피어났고 그 꽃들은 지지 않았습니다. 해마다 이른 봄에는 봄꽃들이 활짝 피었고, 여름에는 여름에 피는 꽃들이, 가을이면 가을꽃들이 쉬지 않고 피어났습니다. 그 꽃들을 바라보며 집배원은 더 이상 자신의 인생이 황망하다고 여기지 않게 되었습니다. 메마른 길이 꽃길로 변해 이제 휘파람을 불며 우편 배달을 하는 그는 한 폭의 수채화 같은 삶을 살았다고 합니다.

우리 인생도 하루하루의 반복입니다. 반복되는 지루한 삶에 사랑의 꽃씨를 뿌려보세요. 행동하는 사랑을 하십시오. 행동하는 사랑은 기도입니다. 내가 베푸는 작은 사랑에 상대방은 몇 곱절의 기쁨을 느낍니다.

한 포기 풀이 자라고 한 송이 꽃이 피기 위해서는 모든 조건이 갖추어져야 하듯이 기쁨을 누리는 데는 세심한 배려와 노력이 필요합니다. 참된 사랑은 가슴과 영혼으로 느끼는 것이라고 합니다. 사랑은 영혼을 아름답게 변화시켜서 최상의 기쁨을 누리게 한다고 합니다.

우리의 삶은 현재 지금 여기에 있습니다. 욕심은 화를 부르지만 남을 배려하는 마음은 아름다움을 만듭니다. 사랑하십시오. 사랑은 과거에 있지 않고, 미래에도 있지 않고 현재진행형이여야 합니다.

과거는 잊어버리십시오. 어제 내가 불행했다면 오늘은 행복을 만들면 됩니다. 내가 하는 일로 미래가 암울하다면 지금 메마른 땅에 꽃씨를 뿌

리십시오. 오지 않은 미래를 앞당겨 걱정하지 마십시오. 오늘 나 자신이 긍정적인 삶을 산다면 내일은 분명 밝은 태양이 비출 것입니다.

3
가을바람에 마음도 물이 들어

꽃은 아무리 봐도 질리지 않습니다.

꽃에는 아름다움만 있는 게 아니라 향기도 있습니다.

우리에게 아름다움과 향기가 가득하다면 얼마나 좋을까요?

인간관계는 시간이 지나면 시들해지는 경우가 많습니다.

하지만 모두가 상대적이듯 당신이 없으면 나는 없습니다.

한 송이 꽃이 무심히 피어 기쁘게 해주듯

나의 모든 것을 바칠 수 있는 단 한 사람만 있다면

살아갈 가치가 있습니다.

한 송이 꽃이 가을을 채우는데,

내 삶의 아름다움과 향기는 누구를 위해 채울까요.

… 가을 향기

비가 내리지 않는 하늘은 없습니다.

맑은 하늘만 존재하는 것은 아닙니다.

우리는 살아가면서 많은 일을 겪습니다.

모든 것은 한때입니다.

가장 중요한 것은 모두 한때라고

생각하고 흘려보내는 일입니다.

주먹을 움켜쥐면 서로 악수조차 할 수 없습니다.

손을 펴야 손도 맞잡을 수 있습니다.

움켜쥔다고 모든 게 내 것이 되는 것이 아닙니다.

사랑과 행복은,

모두 내 손 안에 있습니다.

… 한 때

꽃무릇은 가을 꽃입니다.

맑은 햇살에 영롱하게 빛납니다.

가을 향기를 좇아 나그네들이 불일암을 찾습니다.

엇그제는 35년 만에, 어제는 40년 만에 불일암에 온 분이 있었습니다.

두 분은 예전에 이곳에 건물이 하나밖에 없지 않았느냐고 물었습니다.

우리는 기억하고 싶은 것만 기억합니다.

펼쳐진 풍경을 보지만 다 기억하진 못합니다.

그리고 자신이 본 것만 기억하고 전부라고 생각합니다.

인간관계도 마찬가지입니다.

그 사람을 아는 것보다 이해하는 것이 중요하고

이해하는 것보다 사랑하는 것이 중요합니다.

아름다운 가을에 나는 무엇을 보고 있을까요.

아는 만큼 보이고

보이는 만큼 이해합니다.

… 꽃무릇

수행자의 발걸음.

어디로 가는 것일까요?

행복해지려고 떠나는 발걸음이 아닐까요.

플라톤이 말한 행복의 조건은 이렇습니다.

1. 먹고 살고 입기에 조금 부족한 재산

2. 모든 사람이 칭찬하기에 약간 부족한 외모

3. 자신이 생각하는 것의 반밖에 인정받지 못하는 명예

4. 남과 겨루어 한 사람에겐 이겨도 두 사람에겐 질 정도의 체력

5. 연설을 했을 때 듣는 사람의 반 정도만 박수를 치는 말솜씨

나도 행복할 수 있습니다.

행복의 조건은 거창하지 않습니다.

… 행복의 조건

바보는 늘 행복합니다.

바보 체크리스트에 보면 이런 내용이 있습니다.

바보는 순수하다. 감정에 거짓이나 꾸밈이 없다.

바보는 과거의 일을 기억하며 누구를 미워할 줄도 모른다.

바보는 자기 이익을 위해 남을 모함할 줄도 모른다.

바보는 생각이 단순하고 물질적 욕심도 없다.

바보는 언제나 웃고 있다.

바보는 한번 사랑하면 그 사람만 영원히 사랑한다.

바보는 지금 현재를 즐긴다. 그래서 늘 행복하다.

'바보가 세상을 구원한다'는 말이 있습니다.

오늘은 내가 바보가 되어보세요.

바보 점수가 행복지수입니다.

… 바보 체크리스트

열심히 기도하세요.

기도의 결과는 나의 정성이고 노력입니다.

그냥 주어진 대로 받아들이세요.

부처님이나 하느님께 매달리지 마세요.

매달리다 성취가 안 되면 원망이 생깁니다.

바란다는 것, 매달린다는 것은

내 욕심을 버리지 못한 것입니다.

모든 것을 그분들께 맡기세요.

그리고 늘 함께 있다는 것을 믿으세요.

그러면 평안해집니다.

행복해집니다.

… 기 도

욕심을 버리고 남을 위하여 베풀어야 합니다.

《성경》에

"욕심이 죄를 낳고 죄가 자라면 사망을 낳는다"고 했습니다.

그뿐일까요. 욕심이 많아지면 건강까지도 해칩니다.

욕심을 버리세요.

재물이든 권력이든 분수에 맞지 않을 정도로 많이 가질수록

비례해서 근심걱정이 많아지기 마련이며

그것이 원인이 되어 마음에 병이 들고

마음의 병이 육체의 병으로 커지게 됩니다.

남을 위하여 희생 봉사하며

가난한 사람에게 베푼 사람치고 행복하지 않은 사람이 없습니다.

… 베푸는 마음

맑은 아침 햇살을 받으며 마당을 씁니다.
부지런한 방문객이 찾아옵니다.
떨어진 낙엽을 쓸며
얼른 치워야 방문객이 기분 좋으리라 생각합니다.
우리는 떨어진 쓰레기를 보고 그냥 지나칠 때가 있습니다.
내가 허리를 한 번 숙여 치우면 깨끗해지는데
한 번 더 움직이기가 쉽지 않습니다.

내가 머물고 있는 주변을 보세요.
귀찮아도 한 번 더 움직여 치우면 청정해지는데
마음은 있으되 몸이 잘 움직이지 않습니다.
움직이세요.
한 번 몸을 움직이면 내 주변이 아름다워지고
한 번 더 마음을 일으키면 세상을 바꿀 수 있습니다.
부지런하세요.
부지런한 만큼 행복해집니다.

… 청소

스티브 잡스는

'세상을 바꿀 수 있다고 생각할 만큼 미친 사람들이

결국 세상을 바꾸는 사람들'이라고 했습니다.

세상을 바꾸는 일은 생각을 바꾸는 일이고

끝없는 도전, 새로운 생각의 출발입니다.

사람의 발길이 닿지 않는 산꼭대기에 누가 길을 만들었을까요?

길이 없다면 어떻게 산길을 오를 수 있을까요?

등산가 박영석 대장은 설산에 코리아루트를 만들다 산에 잠들었습니다.

우리는 누군가의 희생 속에서 편하게 살고 있습니다.

그 사람이 나 자신이라면……

내가 좋아서 하는 삶.

나 자신을 바꾸는 일, 세상을 바꾸는 일은 결코 쉽지 않습니다.

하지만 진정한 삶은 나 자신이 좋아서 하는 일이고

나 자신이 이웃을 위해 산꼭대기로 가는 길을 만드는 것입니다.

… 창의적인 생각

"내가 갖고 있는 공간은 얼마나 될까요?"

하늘 가까이 넓은 평야에

겨우 한 평도 안 되는 공간에서 정진하는 스님들이 있습니다.

서지도 눕지도 못하고 겨우 앉을 정도의 공간.

우리는 소유가 목적인 경우가 많습니다.

다 소유하지 못하면서 소유하려고 탐욕을 부립니다.

가지고 있으면서 또 가지려고 욕심을 부립니다.

끝없는 집착.

자기 것이 아니면 집착하지 말고 놓아버려야 합니다.

내가 소유할 수 있는 것은 내 마음의 넓이와

두 손으로 지닐 수 있는 것이 전부입니다.

넓은 평야를 바라보며 한 평도 안 되는 공간에서

정진하는 수행자의 마음을 배워야 합니다.

소유하지 않으므로 다 소유하는 그 마음을……

… 한 평

위로란 잠시 고통에 눈멀게 하는 마약에 불과합니다

기도하세요

고집부리지 말고 모르면 묻고

잘난 체하지 마세요

삶의 고통은 어디에서 올까요.

나의 고통을 어떻게 버릴까요.

강제윤 작가의《부처가 있어도 부처가 오지 않는 나라》라는 책에

이런 글이 있습니다.

구름이 생겨나고 사라지는 것처럼 삶은 실체가 없으나

삶의 고통은 실체가 있다.

사람들은 대체로 삶의 진실을 알고 싶어 하지 않는다.

고통은 거기서 비롯된다.

(…)

사람들은 삶의 진실과 대면하는 것을 두려워한다.

진실은 끔찍하기 때문이다.

그러나 위로의 방식으로 삶의 고통은 치유되지 않는다.

위로란 잠시 고통에 눈멀게 해주는 마약에 불과하다.

기도하세요. 고집부리지 말고 모르면 묻고

잘난 체하지 마세요.

우리는 수행이 덜 된 중생.

기도하세요. 간절히 기도하세요.

텅 빈 마음으로 모두를 평안하게 하세요.

… 삶의 고통은 어디에서 오는가

새벽달을 보았나요.

그대에게는 무슨 소식이 있었나요.

샛별을 보고 부처님은 깨달음을 얻으셨는데

나는 샛별을 보고 무슨 깨달음이 있었나요.

모든 일에는 의미가 있고

의미가 있기에 소중한 시간들입니다.

법당에서 기도를 통해서 깨달음을 얻기도 하고

부엌에서 설거지를 하면서도 깨달음을 얻을 수 있습니다.

하는 일에 정성을 다해 일심으로 하면

일심이 온 법계에 두루합니다.

어린 사미가 큰 스님이 됩니다.

항상 어린 사미로 있지 않습니다.

다만 때가 오지 않았을 뿐입니다.

… 깨달음

《탈무드》에 보면

'신이 너무 바빠서 우리 인간에게 어머니를 주셨다'는 글이 있습니다.

어머니의 사랑은 부처님이나 하느님의 사랑을

대신할 수 있는 사랑이라는 의미가 담겨 있습니다.

어머니는 신의 분신이며, 신의 또 다른 이름입니다.

어머니는 우리를 위하여 기도하십니다.

기도는 울림입니다.

어머니의 기도처럼 간절함이 있어야 합니다.

기도는 겸손해야 하고 감사할 줄 알아야 합니다.

그래야 부처님도 감동하고 하느님도 감동하십니다.

해달라고 기도하지 마세요.

직접 하면 이루어지는 것이 기도입니다.

단풍이 아름다운 것은 때가 되어서 아름다운 것입니다.

기도하세요. 스스로 감동하고 세상이 감동하면 이루어집니다.

… 어머니의 기도

질투심을 버리세요.

가장 자기 파괴적인 감정은 질투심입니다.

잘난 척하지 마세요.

잘난 척 행동하면 다른 사람들로부터 소외됩니다.

진심을 말하세요.

진심으로 다른 사람을 칭찬하면

상대는 늘 당신에 대해서 좋은 감정을 갖게 됩니다.

칭찬과 아부에는 엄청난 차이가 있습니다.

아부는 이타심이 아닌 이기심에 진심을 담고 있지 않지만

진심이 담긴 칭찬은 관계를 변화시키는 힘이 있습니다.

… 칭찬

30대에는 배움의 평준화가 되고

40대에는 미모의 평준화가 되며

50대에는 지성의 평준화가 되고

80대에는 목숨의 평준화가 이루어진다는 말이 있습니다.

우리는 이렇게 평준화의 나이를 먹어갑니다.

언젠가 얼굴에 주름살이 가득해질 것입니다.

주름살 속으로 삶의 그림자가 보입니다.

지성이 있는 고운 모습에

젊었을 때는 얼마나 아름다웠을까요.

그러나 지금은 요양원에 있습니다.

늙음은 피할 수 없고

마지막 죽음은 빈부귀천을 떠나 모두 평등합니다.

… 평준화

타샤 튜더가 이런 말을 했습니다.
"우리 손이 닿는 곳에 행복이 있습니다"라고.
텃밭에 배추를 심어놓고 날마다 물을 줍니다.
하루가 다르게 싱싱하게 자랍니다.
가을에는 정원에서 텃밭을 가꾸고 운력하기 좋습니다.
타샤의 책을 읽으며
'타샤의 정원'과 '타샤의 식탁'을 꿈꿔보길 권합니다.
식물은 주인의 마음을 먹고 자랍니다.
우리 아이들도 마찬가지입니다.
마음의 정원을 가꾸고 정성스런 식탁을 마련하세요.
온 가족은 '타샤의 집'입니다.
모든 것은 마음으로 하는 일입니다.
진심 어린 정성이면 모두가 감동입니다.
맑고 향기로운 마음으로 가을을 풍성하게 해보세요.

… 정성으로 차린 식탁

간밤에 바람이 거칠게 불었습니다.
어제 오후에 낙엽 청소를 말끔히 해놓았는데 다시 어지럽습니다.
쌓인 낙엽을 두고 여유롭게 향기로운 커피 한 잔을 마십니다.
다실에 꽃이 함께하니 행복합니다.
찬바람이 불고 초승달이 외롭게 내려앉은 산중에
혼자이다가 문득 찾아온 꽃소식에
혼자가 아닌 더불어 살고 있음을 느낍니다.

얼마 전에는 작은 세탁기를 들였습니다.
손빨래를 하는 것도 이제 쉽지 않아 큰 마음을 내 구입했는데,
계산을 누가 따로 해버려 환불 영수증과 물건이 왔습니다.
감사한 마음과 세탁기를 들여온 기념으로 두 번이나 연거푸 돌리고,
빨랫줄에 걸린 승복을 보니 부자가 된 것 같은 기분입니다.
낡은 욕조를 철거하다 손가락을 다쳤지만
욕조 대신 빨래를 해줄 세탁기를 생각하며 기분 좋게 작업했습니다.

내가 사는 산골은 길이 불편하고 생활이 불편하지만 불만은 없습니다.

최첨단 전자제품이라도 사용할 줄 모르면 불편하고

불편한 시골집에 살아도 내가 만족하면 안락합니다.

만족은 채워지지 않는 욕구이지만,

불편은 익숙해지면 편해집니다.

너무 편리한 것만 추구하지 마세요.

속도와 편리함은 우리들의 참을성을 빼앗고

감사한 마음과 사랑을 잃게 합니다.

불만과 불편은 내 마음의 선택입니다.

산속에서 자연의 은혜를 입고 살고 있으니

낙엽을 쓸어야 하는 일은 불편하지만 그래도 좋습니다.

불편은 나의 게으름을 물리치게 하는 방편.

불만은 고마움을 망각해서 생긴 병.

산속은 조금 불편하지만 그뿐입니다.

… 불만과 불편

만족은 채워지지 않는 욕구이지만,

불편은 익숙해지면 편해집니다.

너무 편리한 것만 추구하지 마세요.

속도와 편리함은 우리들의 참을성을 빼앗고

감사한 마음과 사랑을 잃게 합니다.

아름다운 가을입니다.

가을은 단풍이 물들 듯 인생에 물이 드는 시기입니다.

며칠 전에 결혼식 주례를 하고 왔습니다.

이생에 결혼한 경험도 없으면서 주례사를 하려니

두 사람을 위해 무슨 말을 해줘야 하나,

결혼식 날까지 화두처럼 고민이 되었습니다.

부처님 말씀에 의하면

부부는 7천 겁의 인연이라고 합니다.

그러나 결혼하는 그 순간부터

사랑과 인내심 없이는 한평생을 변함없이 행복하게 살아가기 힘듭니다.

각각 다른 환경에서 자란 두 사람이,

한 지붕, 한 침대에서 살아야 하니 얼마나 힘들겠습니까?

그래서 서로 끊임없이 이해하고 끊임없이 배려하고,

서로가 다름을 받아들이고 하나가 되어야 합니다.

세월이 흐르고 사랑이 식는 그 순간, 상대를 바라보는 시선이 달라집니다.

사랑이 미움으로 변하고

장점보다 단점이 더 보이기 시작합니다.

그래서 끊임없이 사랑으로 사랑을 만들어야 합니다.

둘이 사는 그대 행복한가요?
행복하다면 무엇으로 행복하고
불행하다면 무엇 때문에 불행한가요?
부부는 일심동체라고 합니다.
이런 이야기가 있습니다.
머리가 두 개이고 몸은 하나인 아이가 있습니다.
누가 한쪽 아이의 머리를 때렸는데
맞은 아이는 "아야!" 하고,
다른 쪽 아이는 웃는다면 일심동체가 아닙니다.
일심동체는 동고동락을 같이 해야 합니다.
사랑하세요.
사랑으로 전부를 사랑하세요.
부부는 둘이 아닌 하나이니까요.

… 결혼식

이 세상에 아프지 않은 사람은 없습니다.
아프지 않고, 늙지 않고, 죽지 않을 수 없는 것이 우리들의 삶입니다.
부처님은 생로병사의 근원적인 문제를 해결하기 위해 출가하셨습니다.
태어남은 반드시 늙음이 있고, 늙으면 병들고 죽지 않을 수 없습니다.

우리는 늙음을 두려워하고 병들고 죽는 것을 두려워합니다.
두려워한다는 것은 오래 살겠다는 욕심이 있기 때문입니다.
욕심이 가득하기에 어리석게 삽니다.
그래서 아프면 병원에 달려가고
병이 나으면 또 병을 불러들이는 업으로 삽니다.
이것이 우리의 살림살이입니다.

모든 것은 덧없습니다.
덧없다는 것은 변한다는 뜻입니다.
늙고 병들고 죽는 것도 삶의 일부입니다.
욕심을 줄이고 걱정을 줄이면 평안해집니다.

아프지 마세요.

아프면 아픔을 내려놓으세요.

중생의 병은 습관의 병이고 습관을 고치면 병은 사라집니다.

… 중생의 병

잎이 떨어지는 가을에 나를 바라봅니다.
욕심을 버리고 어리석음을 버리고
비우고 버렸는데 마지막 잎사귀처럼 마지막 남은 자존심 하나.
이제 남은 마지막 잎사귀는 어디로 돌아가나요?

스님의 발걸음은 긴 그림자를 남기고 깊은 산속으로 향합니다.
마지막 남은 그 무엇을 찾으러 걸음을 옮깁니다.
오늘은 가고,
가을도 갑니다.
떨어진 나뭇잎은 흙으로 돌아가고
모든 것을 버린 나무는 봄을 기다립니다.
나뭇잎이 떨어지듯 가을이 갑니다.

… 어디로

Chapelle Matisse

여행은 어디로 가느냐가 중요하지 않습니다.

누구와 떠나느냐가 중요합니다.

순간순간 떠나는 여행.

날마다 떠나는 마음 여행.

오늘 여행은 누구와 떠날 건가요?

당신이 선택한 여행의 동반자와 함께 행복한 여행되길 바랍니다.

… 오늘의 여행

삶의 목표는 행복에 있습니다.

오늘 나 자신이 행복하지 않다면

오늘이 무슨 의미가 있을까요.

그리고 나 자신이 이미 행복하다면

그것 또한 무슨 의미가 있을까요.

의미 부여는 각자의 몫입니다.

행복은 결국 만들어지는 것이 아니라 발견하는 것입니다.

… 의미

우리에게 참된 스승이 필요합니다.
살아가면서 인생의 멘토가 필요합니다.
생각만 해도 가슴이 따뜻하고
사랑이 넘치는 그런 사람.
세상 보는 눈이 긍정적이고
나를 다 맡겨도 꾸짖음과 칭찬으로 이끌어주는 사람.
이런 참 스승이 있는 사람은 행복합니다.
나의 참 스승은 누구일까요?
물들어가는 잎사귀를 보며 생각해보세요.

… 참 스승

불 일 암 에 사 는 즐 거 움

산 위에서 부는 가을바람은 시원하고 달콤합니다. 가을 하늘은 하루하루 높아지고 산색은 아름답게 옷을 갈아입고 있습니다. 한 점 바람이 부니 바람결에 상수리 떨어지는 소리가 툭툭 고요한 불일암 지붕을 두드리고, 멀리서 나그네의 발소리가 계곡을 타고 올라옵니다.

산사의 적막은 나그네의 발소리에 사라지고, 은사스님의 향기를 찾아오는 방문객은 스님의 흔적을 찾느라 항아리 뚜껑을 열어보고, 부엌문을 열어보고 심지어 해우소 구석도 뒤집니다. 불일암은 도량 그 자체가 스님의 유물인데 자꾸 무언가를 찾으려고 합니다. 마치 보물을 내 마음 속에 두고서 마음 밖에서 찾으려는 것 같습니다.

예전에 은사스님께서 불일암에 머무실 때 저에게 하신 말씀이 생각납니다. "혼자 사는 것은 큰 즐거움이지만 찾아오는 나그네가 나의 인내력을 테스트하니 절대 속지 마라"고 말입니다. 불일암에서 혼자 살다보면 다양한 사람을 만나게 됩니다. 대부분의 사람들은 은사스님의 책을 읽고 스님의 자취를 느끼기 위해 오시는 분들입니다. 그러나 더러는 자신이 그려놓은 그림을 가지고 와서 퍼즐 맞추기 게임을 하듯 시비를 하는 분들도 있습니다. 그럴 때마다 '은사스님께서 나에게 수행을 시키시는구나' 하고 더욱더 감사한 마음을 갖습니다.

요즈음 세상을 보면 이 세상에는 모두가 잘난 사람들뿐입니다. 자기주장만 옳고 남의 의견은 들으려 하지 않습니다. 서로 상대방의 의견을 존중하고 들어야 대화가 가능합니다. 일방적인 주장은 대화가 아닙니다. 각자 자신의 의견만 옳다고 주장하고, 상대방의 말을 인정하지 않으면 시비가 됩니다. 우리는 옳고 그름의 시비를 떠나야 합니다. 자연은 시시비비하지 않고 있는 그대로 다 보여주며 그 자리에 있습니다. 이곳에서 저 역시 귀를 열고 시비에 걸리지 않으려 침묵하며 삽니다.

불일암을 찾는 분들을 더 친절하게 맞으려고 날마다 도량을 청소하고, 산길을 올라와 목이 마른 분들을 위해 주전자에 물을 떠놓고, 불일암 참배 기념으로 가져가시라고 빠삐용 의자 위에 은사스님의 좋은 말씀을 담은 책갈피를 만들어 놓아둡니다. 그리고 바구니에 사탕을 담아 두었습니다. 사탕을 먹으며 잠깐 휴식을 취하라는 의미입니다. 그런데 방문객보다 함께 사는 다람쥐가 사탕을 더 좋아하는 것 같습니다. 어느 날 참배객이 없는데도 사탕이 사라지기에 유심히 살펴봤더니 다람쥐가 사탕을 몰

래 가져가 땅속에 감춰두기도 하고, 사탕 껍데기를 도랑 이곳저곳에 버리기도 하는 것입니다. 귀엽지만 얄미운 식구입니다. 그렇게 저와 다람쥐는 이 가을 더불어 살고 있습니다.

참배객도 다람쥐도 모두 은사스님을 그리워하는 식구들입니다. 깊어가는 가을, 낙엽이 떨어지니 참배객의 그림자 너머로 은사스님의 향기를 더욱 진하게 느낍니다. 스님의 육신은 가셨지만 이곳의 주인이시고 영혼의 그림자는 지워지지 않고 존재하고 있습니다.

우리의 영혼은 오고 감이 없습니다. 오고 감은 한 점 구름이 일어났다 사라지는 것과 같습니다. 은사스님의 육신은 한 줌의 재가 되어 불일암 뜰에 뿌려지고, 이제 남은 것은 영혼을 밝혀주는 말씀뿐이지만, 스님은 삶의 향기로 '무소유'라는 고유명사를 불일암에 남겨두고 가셨습니다. 무소유의 향기는 봄이면 꽃향기로, 가을에는 아름다운 단풍이 되어 우리들을 일깨워줍니다.

가을 향기가 그윽한 시절. 바람결에 후박나무 잎사귀 떨어지는 소리 사이로 은사스님의 발소리가 들려오는 듯합니다. 스님이 가시고 안 계신 불일암은 계실 때와 다름없이 채마밭에 방울토마토와 고추가 붉게 물들어가고 오이가 노랗게 익어가고 있습니다. 싱그럽던 초록의 향연이 고개를 숙이고 나무 잎사귀는 자연으로 돌아갈 채비를 하고 있습니다. 자연을 누구보다 사랑하고 아끼던 스님과 말없는 자연은 나의 영원한 스승입니다.

가 을 명 상

바람이 멈춘 고요한 침묵이 불일암에 내려앉았습니다. 감미로운 바람이 손에 잡힐 듯 우리들 마음을 풍요롭게 감싸줍니다. 아름다운 가을은 우리의 삶을 돌아보게 합니다.

이런 계절이면 나는 이웃을 얼마나 사랑하고 있는지 돌아봅니다. 우리는 관계 속에 살면서도 자기중심적이고 자신만을 먼저 생각하는 삶을 살고 있습니다. 그러다보니 관계에 집착하고 시기하고 미워하며 이웃들에게 상처를 주기도 합니다.

아주 가까운 이웃인 자연을 먼저 보십시오. 자칫 지나쳐버릴 수 있는 보잘것없는 꽃이지만, 이름 없는 들꽃들은 누가 보아주지 않아도 당당하게 자신만의 빛깔로 홀로 피어납니다. 옆에 꽃이 더 화려하다고, 옆에 꽃이 더 향기가 좋다고 시기하지 않습니다. 매혹적인 꽃무릇, 피안화彼岸花는 잎과 꽃이 만나지 못하는 슬픈 사연을 지녔지만, 화사한 자태로 우리의 눈길을 붙잡습니다. 그뿐입니다. 자연은 소유하려 하지 않고 시기하지 않고 그저 그 자체로 아름답게 존재합니다. 자연을 통해 자신을 바라보십시오. 먼 산을 향해 상념의 순간에 머물게 하는 가을입니다.

우리는 더불어 살아야 합니다. 깊은 산속에 홀로 수행하며 살지만 혼자가 아닙니다. 홀로인 것 같지만 관계 속에 살고 더불어 살기에 상대방에게 귀 기울이고 남을 배려하고 이해하고 살아야 합니다. 모든 존재는 더불어 함께입니다. 산골에 사는 나조차도 스님들과 절집일을 해주시는 분들과 참배객들과 다람쥐와 산새들과 더불어 사는데, 도시에서 가족을 이루고 사시는 분들은 더 말할 필요가 있을까요. 당신이 계시기에 내가 여기 있고, 내가 여기 있기에 당신이 존재하는 것입니다.

함께하는 사람에게 존경하는 마음을 가지십시오. 상대가 누구이든 예의를 갖추어야 합니다. 그래야 그 관계는 오래 유지됩니다. 만약 상대의 말을 경청하지 않고 내가 하고 싶은 말만 한다면 스스로 외톨이가 되어 외딴 섬처럼 고립된 삶을 살게 될 것입니다. 하물며 상대가 가족이라면 더 무엇을 말하겠습니까. 결혼을 했다고 나의 소유로 착각하지 마십시오. 우리는 자유로운 영혼입니다. 사랑해서 둘이 살지만 서로에게 자유의 시간을 주어야 합니다. 우리는 같이 살지만 어떤 누구에게도 간섭받지 않고 혼자이고 싶을 때가 많습니다.

사랑받고 싶다면 먼저 상대를 사랑하십시오. 그리고 바다보다 더 넓은 마음으로 이해하십시오. 사람은 아무에게도 이해받지 못할 때 좌절하기 때문에 상대의 이야기를 들어주는 것만으로도 그는 당신을 사랑하고 우리는 사랑을 함께 나눌 수 있습니다.

인간은 누구나 사랑을 갈망하고 가슴 속 깊이 사랑을 품고 살아갑니다. 그 사랑을 펼치면 행복하고 그 사랑을 접으면 불행해집니다. 그리고 진정으로 사랑할 때, 세상 모든 것을 포용할 수 있는 힘을 얻게 됩니다. 하지만 사랑이란 이름으로 구속하진 마십시오. 구속은 집착입니다. 타인을 사랑하는 것은 이해와 배려 그리고 타인을 소유하지 않아야 합니다. 우리는 누구의 소유물이 아닙니다.

아름다운 결실의 계절 가을에 삶이 무엇이냐고, 사는 것이 무엇이냐고 묻는다면 그것은 가을처럼 자신을 내려놓고 무소유로 돌아가는 것이라고 말하겠습니다. 무소유란 불필요한 것을 갖지 않는 것이 아니라, 소유하지 않음으로써 다 소유하는 것입니다.

가을 단풍처럼 삶을 아름다움으로 채우다 자연으로 돌아가는 것. 그것은 나를 비움이요, 이웃에 대한 배려이고 이해라고 말하겠습니다.

4

눈길 위에 발자국을 내며 걷다

단순한 진리 | 겨울 소식 | 나 자신 | 즐거운 인생 | 시선
삶과 죽음은 하나 | 죽음이 오는 날까지 | 말보다 행동이 먼저 | 집착 없이 | 명상
삶은 외길 | 법을 보는 자, 나(여래)를 본다 | 내려놓기 | 문제의 답 | 텅 빈 충만
마음은 하나 | 발자국 | 삭발하는 날 | 동백꽃 | 안개 속

당신은 누구십니까?

진리는 단순합니다.

추운 겨울이 지나야 봄이 찾아오고
어둔 밤이 지나야 아침이 찾아오듯
꽃잎도 다 떨어진 후에 열매가 열립니다.

거짓이 거짓을 만들고
진실이 또 다른 진실을 밝혀줍니다.
거짓은 거짓끼리 통하고, 진실은 진실끼리 통합니다.

지금의 모습 속에 모든 것이 다 담겨 있습니다.
지금 나의 모습이 내일 나의 모습이 됩니다.
지금 가는 방향이 올바른지 살피며 사는 것,
그것이 지금을 잘 사는 것입니다.

… 단순한 진리

안개 속으로 겨울 소식이 오고 있습니다.

가고 오는 계절의 이치,

만나고 헤어지는 법칙.

이 시절이 좋다고 마냥 부둥켜안고 있을 수만은 없습니다.

아름다운 가을을 보내고 겨울을 맞이하고

다시 봄이 오기를 기다립니다.

모든 것은 시간 속에 잠시 존재하고

안개도 잠시 머물다 사라지고

우리 삶도 그러합니다.

오늘은 나의 업대로

내일은 내 업의 모습으로

다음 날은 나의 습관대로 살아갑니다.

계절은 바꿀 수 없어도 나의 마음은 바꿀 수 있습니다.

안개 속에 숨어 있는 나의 업을 바꾸세요.

습관을 바꿔야 새 삶을 살 수 있습니다.

오늘부터 당장 새롭게 시작하세요.

안개 같은 업이 걷히면 모두가 아름다움입니다.

… 겨울　소식

추운 겨울이 지나야 봄이 찾아오고

어두운 밤이 지나야 아침이 찾아오고

꽃잎도 다 떨어진 후에

열매가 열립니다.

세월 앞에 낡아가는 집.
옛 것은 아름답습니다.
아름답다고 쓰러져가는 집에 살 순 없습니다.
다듬고 돌보며 수리해야 합니다.

이런 이야기가 있습니다.
숲속에 살던 곰이 동굴에서 겨울잠을 자고 나오니
동굴 밖의 환경이 아파트 숲으로 변해 있었습니다.
겨울잠을 자는 동안 나는 변한 게 없는데
세상은 변해버린 것입니다.
내가 사는 세상도 마찬가지입니다.

세상의 환경이 변하는 것을 거부하기 어렵습니다.
파도가 치면 파도를 타고
바람이 불면 바람을 거스르지 않고 같이 날아야 합니다.
그런다고 내가 바뀌는 것은 아닙니다.
시공에 따라 적응해야 합니다.
그래야 나에게 주어진 80년 동안 유효한 여행권을 가지고 살 수 있습니다.

성형수술을 한다고 내 마음이 달라지는 것이 아니듯이

본질적인 나 자신을 잘 지키고 사는 것이 중요합니다.

… 나 자신

마하트마 간디는 이렇게 말했습니다.

"세상이 바뀌길 원한다면
너 자신을 먼저 바꿔라."

나는 무엇을 바꾸면 좋을까요?
나의 단점은 무엇일까요?
자신의 표정은 어떠한가요?
미소 짓는 얼굴이 좋습니다.
인상은 나의 이미지입니다.
미소를 지으며 사세요.
삶이 힘들지 모르지만 즐겁게 사세요.
내가 즐거우면 세상이 밝아집니다.

… 즐거운 인생

진리를 사랑하고 그것을 실현하려는 사람들은
시선을 외부로 향하기 전에
자기 내부로 돌릴 수 있어야 합니다.
남을 쳐다보는 일보다도
자기 자신을 들여다보는 일이 훨씬 값진 일이기 때문입니다.
모든 것은 자신에서 시작하여
이웃과 세상에 도달하는 것이기 때문입니다.

법정 스님께서 쓰시던 빠삐용의 의자가 말합니다.
너는 네게 주어진 시간을 낭비하고 있지 않느냐고요.
우리는 나보다 남에게 더 관심이 있습니다.
내 마음을 살펴보세요.
지금 내가 무엇을 생각하고 무슨 생각을 먹고 있는지.
내가 한 생각은 나를 형성하고 나의 삶을 만들어냅니다.
하루하루 소중한 시간을 낭비하지 마십시오.
인생을 허비한 죄는 삶의 가장 큰 죄악입니다.

… 시 선

나이를 먹는다는 것은 자연스러운 일입니다.
자연스러움은 평소 삶의 모습입니다.
젊음은 아름답습니다.
아름다운 젊음의 향기가 얼굴에 곱게 새겨져야 합니다.
나이 든 어른을 보며 많은 생각을 하게 됩니다.
삶이란 무엇인가 생각합니다.
젊은 날의 삶이 어른이 되어 교훈이 되어야 하는데
그렇지 못하다면 후배들에게 무엇을 말할 수 있을까요.
삶은 죽음과 하나의 선입니다.
죽음의 저 바다를 건너는 순간까지
젊은 날의 좋은 향기와 모습을 보여줘야 합니다.
그것이 성숙한 어른의 삶이고 향기입니다.
우리는 한 줌의 흙으로 돌아갑니다.
아름다운 마무리를 어떻게 해야 할까요.
어른을 통해 배우고 생각하는 날입니다.

… 삶과 죽음은 하나

삶은 죽음과 하나의 선입니다.

죽음의 저 바다를 건너는 순간까지

젊은 날의 좋은 향기와 모습을 보여줘야 합니다.

그것이 성숙한 어른의 삶이고 향기입니다.

'죽음은 삶이 만든 최고의 발명품'이라고 말한
스티브 잡스는 떠났습니다.
우리도 언젠가 죽습니다.
다만 살아 있는 이 순간 어떤 모습으로 사는지가 중요합니다.
스티브 잡스는 2005년 6월 스탠포드 대학교의
졸업식 연설에서 이렇게 말했습니다.

"여러분의 시간은 제한적입니다.
그러니 다른 사람의 삶을 사느라 자기 삶을 허비하지 마세요.
다른 사람이 생각하는 결과에 맞춰 살아야 한다는
도그마에 빠지지 마세요.
다른 사람들이 시끄럽게 떠드는 소리에 파묻혀
여러분 내면의 소리를 잃지 마세요.
용기를 갖고 여러분의 마음과 직관을 따라가십시오.
여러분의 마음은 스스로 진정 무엇이 되고 싶은지 이미 알고 있습니다."

만약 오늘이 내 생의 마지막 날이라면,
나는 과연 오늘 하려는 일을 하고 싶어 할까요?

내가 이 일을 계속할 수 있었던 유일한 이유는

내가 하는 일을 사랑했기 때문입니다.

여러분도 사랑하는 일을 찾아야 합니다.

사랑하는 사람을 찾아야 하듯,

일 또한 마찬가지입니다.

… 죽음이 오는 날까지

Espai de
pregària
Espacio
de plegaria
A place for prayer

말은 적게 하고 행동은 즉시 해야 합니다.
《초발심자경문》에 '말을 줄여야 어리석음이 지혜로 바뀌고,
입은 재앙의 문이니 엄하게 지키라'는 말이 있습니다.
말과 생각이 끊어지면 어느 곳에든 통하지 않는 곳이 없고
'홀로 있을수록 함께 있다'는 말이 있듯이
침묵을 통해서 모든 이들과 같이 할 수 있습니다.
말보다는 실천을 하라는 뜻입니다.
매사에 말만 앞세우지 말고
즉시 행동으로 옮겨서 실천하는 것이 중요합니다.
말수를 줄이고 게으름을 피우지 말며
부단히 몸을 움직여 나 자신과 남을 이롭게 하라는 뜻입니다.

… 말보다 행동이 먼저

모든 것에 집착하지 마세요.

어리석음이 있기에 깨달음이 있습니다.

어리석음이 없는데 어찌 깨달음이 있을까요.

미망을 떠나서 깨달음이 없고

깨달음을 떠나서 미망이 있을 수 없습니다.

깨달음에 집착하면 장애가 생깁니다.

우리가 어떤 대상에 집착을 하면

집착하는 대상이 우리를 가둬버립니다.

깨달음에 집착하면 깨달음의 감옥에 갇히게 됩니다.

그래서 모든 것에 집착하지 말아야 합니다.

… 집착 없이

침묵 속에서 명상하면 마음이 움직입니다.

자기 자신을 알고자 한다면 스스로를 지켜보세요.

나의 말씨, 나의 걸음걸이를 살펴보세요.

내 마음속에 일어나는 미움, 사랑은 어디서 오는 걸까요?

내면에서 일어나는 그것을 바라보는 것이 명상이고 선입니다.

선이란 다른 무엇이 아니라 삶의 일부입니다.

… 명 상

자기 자신을 알고자 한다면

스스로 지켜보세요.

내 마음속에 일어나는 미움, 사랑은

어디서 오는 걸까요?

내면에서 일어나는 그것을 바라보는 것이

명상이고 선입니다.

삶은 외줄타기와 같습니다.

살기 위해 고해의 강을 건너야 하고

고해의 바다에서 평온을 찾아야 살 만합니다.

우리의 삶은 그러합니다.

그런 줄 알고 살면 삶이 덜 고달픕니다.

그러나 그런 줄 모르면 실망을 하고 마음을 다칩니다.

험한 물살 위로 외줄 타고 건너는 우리들의 삶!

그러나 지혜롭게 마음을 가벼이 하면 살 만한 세상입니다.

자신을 돌아보세요.

나는 누구이고 외줄을 타고 어디로 가고 있나요?

… 삶은 외길

음력 12월 8일은
부처님께서 새벽 샛별을 보시고 깨달음을 얻은 날입니다.
날마다 뜨는 샛별이지만
시절인연이 되지 못한 사람은 샛별을 보지 못하고
샛별을 본다고 해도 메아리가 없다면 그냥 샛별에 불과합니다.
깨달음은 시절인연이고 정진하고 정진해서 얻은 결과입니다.

가만히 있어서 얻어지는 것은 하나도 없습니다.
삶은 부단한 정진 속에 향기로워지고 아름다워지는 것입니다.
내가 원하는 것이 있다면 부지런히 노력하십시오.
간절함이 사무치면 메아리가 울릴 것입니다.
'법을 보는 자, 나(여래)를 본다'고 했습니다.
본다는 것은 체험으로 얻는 것입니다.
게으름 없이 정진하고 기도하십시오.
게으른 사람에겐 병이 찾아오고,
부지런한 사람에겐 행복이 찾아옵니다.

… 법을 보는 자, 나(여래)를 본다

만약 겉모습으로 나를 보려고 하거나
소리로 나를 보려고 하면
이 사람은 삿된 사람이고
결코 부처님을 보지 못하리라.

〈금강경〉 사구게에 나오는 말씀입니다.
우리는 겉모습을 보고 모든 것을 판단하는 경우가 있습니다.
부처님께서 형상이 있는 것은 모두 덧없이 사라지기 때문에
집착하지 말라고 하셨습니다.

나무로 만든 불상은 불에 들어가면 한 줌 재로 변하고
흙으로 만든 불상은 물에 들어가면 흙으로 돌아갑니다.
철로 만든 불상도 부식되어 팔이 잘려나갔습니다.

흙, 물, 불, 바람으로 만들어진 우리 몸도 언젠가 사라집니다.
영원한 것은 없습니다.
영원하지 않은 것에 집착하지 마십시오.
집착이 고통을 만들고 나를 괴롭힙니다.

모든 것은 시절인연이고, 한때임을 명심하십시오.

살고 죽는 것도 잠시입니다.

잠시 머물다 가는 삶에 너무 힘들어하지 마십시오.

한 생각 쉬고

무거운 짐을 내려놓으면 편안해집니다.

… 내려놓기

추위도 봄이 오면 물러가고

태산같이 쌓인 눈도 봄이 오면 녹아내립니다.

이 세상에 진리밖에 영원한 게 뭐가 있을까요?

조금만 기다리면 되는데 성급한 우리들 마음이 문제입니다.

살다보면 머리 아픈 일이 많습니다.

우리가 머리가 아픈 것은 명예와 이익을 머리 위에 두고 있기 때문이고

가슴이 아픈 것은 남에게 상처를 주었기 때문입니다.

세상을 통해 얻은 것.

손해라고 생각하는 것.

무엇을 얻고 잃음인가요?

욕심을 좀 비우고, 한 생각을 쉬어가세요.

우리에게 주어진 삶의 문제들.

이 세상에 답이 없는 문제는 없습니다.

단지 시간이 필요할 뿐입니다.

만약 답이 없는 문제가 있다면

그곳에 머물러 있지 마십시오.

시간이 문제의 답을 풀어줄 것입니다.

어제를 배우고, 오늘을 살며, 내일을 꿈꾸세요.

… 문제의 답

변하지 않는 고정된 실체는 없습니다.
아름다운 수채화 한 폭이 있지만 여백이 더 아름답습니다.
아름다운 음악을 듣고 나면 고요가 좋습니다.
그림 속의 여백도 화면의 일부분입니다.
말없이 침묵하는 것도 대화의 일부분입니다.

텅 비어야 메아리가 있습니다.
채우면 여유가 없습니다.
텅 비우면 오묘한 일들이 일어납니다.
채워서 충만해지는 것이 아니라
텅 비우면 충만해집니다.

… 텅 빈 충만

마음은 하나입니다.

그 마음을 둘로 나누지 마세요.

눈이 많이 내리면 세상은 하나가 됩니다.

그래서 눈 세상이 좋습니다.

눈이 와서 좋은 날!

한 해가 저뭅니다.

날마다 좋은 날입니다.

좋은 날, 나쁜 날은 자신이 만듭니다.

한 마음에서 천 가지 만 가지 만들어내니 일체유심조입니다.

마음은 하나입니다.

마음이 둘로 나뉘면 고통이 생기니 하나로 모아 행복하십시오.

… 마음은 하나

발자국을 남기고 떠나갑니다.

내가 남긴 발자국이 아름다워야 합니다.

우리들 가슴에 보이지 않는 발자국이 남았습니다.

영원히 지워지지 않는 발자국.

나를 따르는 사람이 바른 길을 갈 수 있도록 똑바로 걸어가야 합니다.

나의 모습은 나 개인의 모습이 아닙니다.

나의 그림자를 보십시오.

내가 보아도 아름다운 그림자인지……

스스로 만족할 수 있는 그림자를 만드십시오.

이웃들이 내 발자국을 따라올 수 있는 발자국을 남기십시오.

… 발 자 국

오늘은 삭발 목욕하는 날입니다.
한 달에 두 번 하던 삭발을 이제 한 달에 네 번 합니다.
출가수행자는 외형으로는 위의가 있어야 하고
안으로는 법이 충만해야 합니다.
수행자에게 머리카락은 무명초입니다.
번뇌 망상이 생기면 스스로 머리를 쓰다듬으면서
출가수행자임을 자각합니다.

삭발 목욕하는 날은 즐거운 날입니다.
삭발 목욕을 하고 나면 몸과 마음이 청정해지고 개운해집니다.
무명초를 베어내고 번뇌의 때를 씻어내니 어찌 즐겁지 않을까요.
오늘은 삭발 목욕하는 날.
어느덧 동안거가 한 달밖에 남지 않았습니다.

… 삭발하는 날

동백꽃잎이 뚝뚝 떨어져 있습니다.

온전한 꽃잎으로 낙화한 동백꽃.

동백꽃을 보니 12세기에 살았던 원오극근 선사의 법문이 생각납니다.

살 때는 철저히 살고

죽을 때는 철저히 죽을 수 있어야 한다.

꽃처럼 우리의 삶도 아름답게 살다 아름답게 사라져야 합니다.

비가 옵니다.

봄비.

새로 심은 주목나무가 좋아할 것 같습니다.

비가 내려 메마른 땅이 촉촉해지고

목마른 나무가 생기 있게 자리 잡았으면 좋겠습니다.

모두가 한때입니다.

아름답게 살고 볼 일입니다.

… 동백꽃

아침 풍경이 온통 안개 속입니다.
그러나 보이지 않을 것 같은 미래가 보입니다.
나의 습관을 바꾸는 것은 자신의 꾸준한 노력 없이는 불가능합니다.
장하준 교수는 《그들이 말하지 않는 23가지》에서 이렇게 말했습니다.

200년 전에 노예 해방을 외치면 미친 사람 취급을 받았습니다.
100년 전에 여자에게 투표권을 달라고 하면 감옥에 집어넣었습니다.
50년 전에 식민지에서 독립운동을 하면 테러리스트로 수배당했습니다.

짧게 보면 불가능해 보여도 길게 보면 사회는 계속 발전합니다.
그러니 지금 당장 이루어지지 않을 것처럼 보여도 대안을 찾고
이야기해야 합니다.
우리는 같은 환경 속에 살고 있습니다.
이 환경을, 이 사회를 바꾸는 일은 우리 각자의 몫입니다.
변화를 두려워하지 마세요.
내 삶을 바꾸는 일 또한 나의 노력 없이 되지 않습니다.

… 안개 속

당 신 은 누 구 십 니 까 ?

간밤에 내린 눈이 소복이 쌓였습니다. 기온이 뚝 떨어져 동안거를 시작한 지 보름 만에 얼음이 얼고 제법 겨울 맛이 납니다. 세상이 온통 설국이 되었습니다. 눈이 내려 좋은 계절! 겨울은 겨울다워야 하고 수행자는 수행자다운 모습이 있어야 오래도록 향기가 있습니다.

바람도 잠들어 깨지 않는 새벽 2시. 매서운 영하의 기온을 가슴으로 녹이며 송광사 선원의 스님들이 깨어납니다. 가볍게 세수를 하고 가로 세로 80센티미터 좌복에 앉아 죽비소리 세 번에 선정에 들어갑니다. 나를 찾아 나서는 스님들의 하루 일과가 시작되었습니다.

'우리는 어디서 와서 어디로 가는가?' '나는 누구이고, 너는 왜 내가 아니고 너인가?' 알 수 없는 물음을 던지며 화두 삼매에 정진합니다. 문틈 사이로 차가운 바람이 불어와 무릎을 스칩니다. 한 점 바람결에 무릎이 시리고, 머리를 스치는 미세한 바람에 정신이 번쩍 듭니다. 무릎이 시리다고 느끼는 나는 누구이고, 앉아 참선하는 나는 누구인가 묻습니다. 마음은 하나인데 한곳에 머물지 않고 자꾸만 움직입니다. 순간순간 마음이 흐트러집니다. 춥다는 생각을 하는 순간, 이것이 번뇌입니다. 생각이 많다는 것은 번뇌가 많다는 이야기입니다. '이뭣고是甚麽' 화두 이외에는 모두 망상입니다.

삶은 단순할수록 좋습니다. 삶이 복잡한 만큼 생각도 복잡해집니다. 삶은 다 똑같은데 왜 복잡하고 힘들고 고통스럽게 살아야 합니까? 우린 모두 평안한 마음으로 살려고 합니다. 나 자신에게 물어보십시오. '나는 행복한가?' 괴롭고 고통스럽다면 왜 그런지 나를 한 곁에 두고 바라보십시오. 너무 가까이서 현미경으로 보듯이 한 부분만 자세히 보면 전체가 보이지 않습니다. 한 걸음 물러서서 보십시오. 때론 어깨 너머로 보면 나의 모습이 보입니다. 그리고 나를 내려놓으십시오. 나에게 집착하면 나라는 이미지 때문에 고통이 시작됩니다. 어떤 일이든 집착하지 않으면 고통이 생기지 않습니다. 깨달음에 집착하면 깨달음을 얻으려는 마음이 고통을 불러옵니다. 그냥 나를 바라보십시오.

우리는 어리석음과 탐욕과 성냄의 마음으로 살아갑니다. 한번 화를 내고는 다시는 화를 내지 않겠다고 다짐하지만 쉽지 않습니다. 욕심도 마찬가지입니다. 욕심으로 말미암아 손해 보는 일이 더 많은데 순간 탐욕이 눈을 가려 또 실수를 하곤 합니다. 그래서 욕심을 버려야 한다고 자신에게 거듭거듭 말하지만, 우리는 채워지지 않는 욕망에 늘 마음이 가난합니다.

마음 수행을 해야 합니다. 마음 수행이란 대단한 일이 아닙니다. 순간 순간 일어나는 나의 마음을 지켜보고 그것이 탐진치貪瞋癡의 마음인지 아닌지 알아차리기만 하면 됩니다. 그 알아차림을 놓치면 고통이 생겨납니다. 우리는 늘 마음과 함께 살고 있습니다. 그런데 함께 살고 있는 그 마음에 얼마나 관심을 가지고 있습니까. 나의 주인인 마음에는 관심이 없고, 나의 껍데기인 겉모습은 온 정성을 다해서 챙기고 살핍니다. 아침에 일어나 제일 먼저 하는 일은 무엇인가요? 내 마음 상태를 살펴보신 적이 있나요? 세수를 하고 화장을 하듯이 우리 마음도 세수를 해준다면 우리는 날마다 맑은 영혼으로 살 것입니다.

복잡한 세상, 세상의 번뇌가 나의 번뇌가 되어 힘든 세상. 잠시 세상을 향한 귀를 닫고, 정신을 혼란스럽게 하는 눈을 감고, 말 많은 세상에 침묵하며 가만히 정좌해서 자신을 살펴봅니다. 귀를 닫으니 세상 소리를 듣지 못하지만 마음의 소리를 들을 수 있고, 눈을 감으니 마음의 눈을 뜰 수 있습니다. 말을 하지 않으니 침묵의 언어는 마음에서 마음으로 전달되어 향기의 말로 세상을 밝혀줍니다. 스스로 번뇌를 만들지 않으면 우리는 행복합니다.

선어록에 이런 이야기가 있습니다. 어느 날 승찬 스님의 제자인 도신 스님이 스승을 찾아가 "스님, 고뇌에서 해탈하는 묘법을 가르쳐주십시오.” 하였습니다. 그러자 승찬 스님은 도신 스님에게 “해탈이라니! 누가 너를 얽어매기라도 했느냐?” 물었습니다. “아무도 저를 얽어매지 않았습니다”라고 대답하자 “아무도 얽어매지 않았는데 무슨 해탈을 구하느냐.” 하였고, 이 말을 들은 도신 스님은 큰 깨달음을 얻었다고 합니다. 본래 있지도 않는 일에 집착하지 말라는 이야기입니다.

오지 않은 미래를 걱정하고, 지나간 과거에 연연해서 현재를 살지 못하고, 허망한 몸에 집착해서 고통을 일으킵니다. 몸은 영원하지 않고, 느낌이나 감정은 수시로 변합니다. 모든 것이 변하는데 왜 변하지 않길 바라며 집착하십니까?

나를 바라보십시오. 감정을 ‘자아’라고 생각하지 마십시오. 나는 느낌이고, 느낌은 ‘나’라는 생각에서 벗어나십시오. 모든 것은 변합니다. 수행이란 존재의 실상을 알아차리는 것이고, 진리를 체득하는 것은 머리로 하는 것이 아니라 몸과 마음으로 알아차리는 것입니다.

모든 문제의 답은 내 안에 있습니다. 삶은 특별하지 않습니다. 나만 힘들고 괴롭고 외로운 것이 아닙니다. 내가 가는 길은 누군가 갔던 길이고, 앞으로 우리가 걸어가야 할 길입니다.

옛 스승들은 비움으로 완전한 행복을 얻을 수 있다고 했습니다. 비움으로 텅 빈 충만이 됩니다.

나를 찾아서 마음을 여행하는 수행자들. 하루 10시간 좌복 위에 앉아서 마음의 바다를 노 저어 가다보면 졸음이 밀려오고, 수없는 번뇌 망상이 유혹하고 끊어질 듯 아파오는 다리의 통증이 괴롭히지만, 선방 스님들은 오로지 한 생각, 화두일념으로 한 걸음 한 걸음 나 자신을 찾아가고 있습니다. 모든 것은 한순간입니다. 졸음도 번뇌도 통증도 모두 잠깐입니다. 잠깐 참으면 긴 깨달음이 있습니다.

세 번의 죽비 소리에 선정에서 깨어나니 세상이 평화롭습니다. 50분 정진하고, 10분 쉽니다. 하루는 이렇게 참선으로 영글어지고, 정진으로 영근 하루는 향기로 세상을 울립니다.

이뭣고! 선정에서 깨어나니 흰 눈은 하늘로 돌아가고 허공엔 한 마리 새가 날아갑니다. 나는 누구이고, 당신은 누구십니까?